用文字照亮每个人的精神夜空

人之所以异于禽兽者，就是要有高尚的道德——内美。

——陈从周

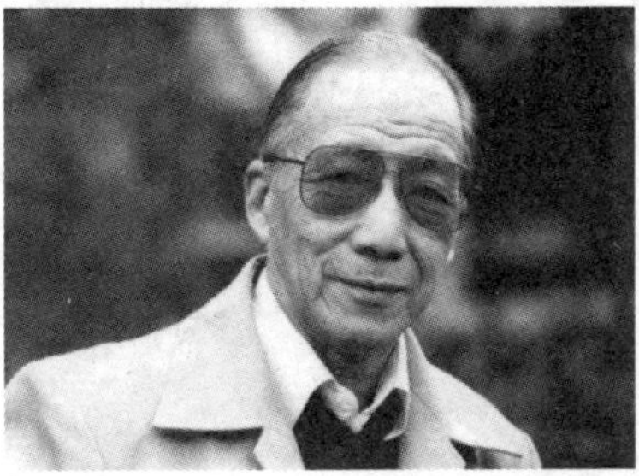

陈从周作品精选

春苔集

陈从周 著

燕山大学出版社
·秦皇岛·

图书在版编目(CIP)数据

春苔集 / 陈从周著. -- 秦皇岛：燕山大学出版社，2025.3. --（陈从周作品精选）. -- ISBN 978-7-5761-0769-2

Ⅰ．I267

中国国家版本馆CIP数据核字第2024DV3598号

春苔集
CHUN TAI JI

陈从周 著

出 版 人：陈　玉	选题策划：北京领读文化
责任编辑：臧晨露	特约编辑：田　千　贺晓敏
责任印制：吴　波	封面设计：InnN Studio
出版发行：燕山大学出版社	电　　话：0335-8387555
地　　址：河北省秦皇岛市河北大街西段438号	邮政编码：066004
印　　刷：河北赛文印刷有限公司	经　　销：全国新华书店
开　本：889 mm×1194 mm　1/32	印　张：11
版　次：2025年3月第1版	印　次：2025年3月第1次印刷
书　号：ISBN 978-7-5761-0769-2	字　数：178千字
定　价：69.00元	

版权所有　侵权必究
如发生印刷、装订质量问题，读者可与出版社联系调换
联系电话：0335-8387718

目 录

1 苍润高逸 秀出东南

7 山阴水上

11 桥乡 醉乡

18 云山接仙迹

20 日月并升天下奇

23 此园浙中数第一

25 小隐名园几日闲

32 "阁忆天心胜"

35 平林浅画出眉湖

37 我住香山第一人

39	梁山留迹
42	萍乡擒孽龙
45	仰天负手看华峰
48	方岩居中　游遍浙东
51	高秋万松游二陵
55	玉峰映翠水环城
57	"就势取景"在烹饪上的应用
60	物华天宝　人杰地灵
63	鲁中记行
73	山居谈往
79	园以景胜
83	怡园与耦园
86	美的秩序
89	提倡有意义的文化生活
90	旅游的艺术

93	值得提倡的文化旅游线
96	俞振飞谈文化修养
98	昆曲带引我学园林
101	半生湖海　未了柔情
106	论北方园林
132	谈园林风景建设问题
148	园林与山水画
151	呼吁：斧斤不入山林
154	养花见性情
159	年来不爱看名花
162	"大"与"小"
165	画中求画　不如画外求画
168	从重修豫园湖心亭说起
171	贝聿铭与香山饭店
175	湖上流风说画师

178 俞平伯与曲园

181 师谊　友谊

184 深情话颜老

186 一位学识渊博的鉴赏家

189 雪窗遥祝叶老寿

192 童年的老师

196 怀念建筑家黄作燊教授

201 灯边杂忆

205 梓室随笔

213 胡马依北风　越鸟巢南枝

216 正中求变

220 为园林取名

222 炎夏话"三多"

224 天意怜幽草

227 《中国历代名园记选注》序

229　《艺术美探微》序

231　《宋平江城坊考》序

233　《旅游服务心理学》序

236　《墨竹析览》序

240　跋《周子庚先生医案》

242　题俞粟庐遗墨拓本

244　喜见《百寿图》

246　梁启超与王国维题《西涧草堂图》

249　董北苑《夏山图》史拾

253　寒梅秋菊永清芬

255　读《黄仲则书法篆刻》

257　《徐志摩诗歌集》序

260　谈徐志摩遗文

269　《苏州园林》重版序

271　皖南屐痕

274　闲话西湖园林

278　"风水"与风景

280　卓越的建筑家

283　再版《燕知草》读后感

286　翠岛深情　绿水难忘

289　蓬岛仙湖

292　怀念林徽因

295　老去情亲旧日游

298　钱塘江边

301　钟韵移情

304　豫晋散记

332　后记

苍润高逸　秀出东南

似晴欲雨费疑猜，谁把天公巧妙开？
峰影都沉潭影底，庐山之水日边来。
　　　　　　　　　　　　——黄龙潭

　　我轻轻地挥手，握别了那庐山的云烟，已是二十年前的事了。扶杖重来，两鬓星霜，流光抛人，有些迟暮之感。然而黄龙潭附近的那座明代赐经亭，还是老怀未忘，到了山间的次日，我便急于去拜访它，喜幸的是居然无恙，相见之下十分亲切，仿佛重逢一位健在的耆旧。从赐经亭向下行，在蜿蜒的山径里，云影、树影、山影、水影，忘世忘我；可叹的是嘎嘎喧哗的人声，代替了清脆的鸟语，觉得有些美中不足，否则真是幻入仙境了。过去游庐山是住在山麓的大丛林（寺）中，慢慢地往上，信步登山，随意览景；而今人们却留在山上，背道而行。游的方法改变，随着景观也各异了。"庐山东南五老峰，青天削出金芙蓉"，"横看成岭侧成峰，远近高低各不同"，李太白、苏东坡皆自山下静观开始，白居易所建草堂，亦同此意。今天游山，动观代替了静观，以往观画吟诗的那种节奏乱掉了。

山水之美在于神，名山之贵在于品。古代对山予以人格化，它不仅是一个风景区，而且具有感化与教育人民的意义，庐山的精神，我说它是"苍润高逸，秀出东南"。这就是庐山的"品"，亦即我们对此风景区规划的最高指导思想。

来庐山之前，我接到江西省的邀请去开风景规划会，迟迟未允，复了一首诗："会议催人老，新来白发多。庐山难补笔，无可奈如何！"老病恳辞，不料"州司临门"，催我上道，于是鼓起余勇，在一个漫山雨霾的傍晚到达了山巅。我为什么怕行呢？因为二十年前调查的一些古建筑，经过十年动荡，毁得差不多了，而且山林快要城市化，森林也受到相当大的损伤，我不愿磨灭记忆中美丽的倩影，于是才出此下策。

我这次到庐山来本来无意附庸风雅，因为前人的名句，早将它渲染殆尽，我最多写点感触，或再发点牢骚。但在黄龙潭却哼出了那首小诗，觉得比费很多笔墨去形容来得方便。我去寻诗定是痴，不必枉费苦吟。我一向主张以明白易懂的词句，用一定的音节谱出来，使大家都能对你所感受的美的境界起共鸣便够了，那种翻类书找

[南宋]江参《摹范宽庐山图》

典故，连自己也含糊其词的诗，我是不敢赞同，而且也没有这种高深的学问来写。我的俚句，就是仿佛照相机一样，留下我一刹那美的感受而已。

庐山之美，美在什么地方？大家都知道，游山玩水便是欣赏自然，那年我初登庐山是从山麓的万杉寺、秀峰寺调查了宋元石亭，经过栖贤桥，看了这座著名的宋代三峡桥后，仰观着五老峰一步一步带着云彩上去，慢慢认识了庐山真面目。可惜我未能健步从好汉坡再去领略一番另一条山径。如果你匆匆地赶到牯岭，在山顶上"拉练"几天，你就会感到，人工的东西并不能唤起你的游兴。那未曾开发过的深谷幽泉、悬崖绝壁、奇峰怪石、野草闲花，才能逗起你爱好自然的雅致。记得这天我冒雨到三叠泉上游去勘察风最点，乱泉奔腾、云烟四合，我却没法挽留这去来无踪的雨丝风片，淡逸空灵之趣，往往于无意中得之，古代高僧、诗人，他们是付出了疲劳的代价，享受到天地的真趣。

过去我来庐山，住在林下的平房内，清流枕居，翠松倚窗，微阳中一二声喜鹊报晓，唤我幽梦；岑寂的山居，偶然飘入淡如轻纱的白云，凉意侵人，引起我很多遐思。我自比苦修的山僧、深藏的隐士，亦曾比过甘于此山的老农，以及其他……静而定，定而后慧。每一个来庐山的人，必然有着各种各样的心境。这次住在大宾馆内，高楼前尽是西洋的树木，成排成行的各式汽车，喇叭声、汽油味，都使我对这现代化的山区，产生了厌倦，我埋怨自己，仿佛与上次变成了两个人，然而我是能独自寻趣的。我缓步登山，行到五老峰下，悄无人处望鄱阳，身旁背风开的黄花瘦朵，无疑是我的写照，留下了真挚的深情。回宾馆的道上，看见几个青年跳进大盆景，在请人拍照。这也许是他们不远千里而来的唯一目的吧！我默然走过他们身旁，留下了一种尴尬的印象。

　　我曾经说过：春水腻，夏水浓，秋水明，冬水定。庐山之美在于水，所以我说它苍润，正如美人的眼睛一样，如果那双秋波没有了，天下再美的绝色，也会失去灵魂。可能是我的偏爱，我只着重颂扬了庐山的水，饮水思源，毋忘这漫山的森林，要保水，就得固林。深望庐山的管理者，千万要留此命根，像保护自己的眼睛一样。庐山之灵在于水，自古独步东南，就在于秀水，因此山间的瀑布、泉流、碧潭，是我终日盘桓之处。我半醉半醒，亦痴亦慧，看云、观水，有如学道学佛；云移山动，水流溪转，虚中现实，实处变虚，它存在着极其深刻的辩证之理。初识世间贫乐处，渐知水墨画云山。淡中之味，它可以教人脱离低级趣味，做一个高尚的人、有道德的人。

我写到此也不想再说些本行话了,我提出如果要做好庐山的"补笔",就是要具有:诗人的感情、宗教家的虔诚、游历家的毅力、学者的哲理。

如此说来,想来不会离题太远吧!

山阴水上

近几年来我因为编纂《绍兴石桥》一书,来往山阴水上已不知多少次。古人说:"山阴道上,应接不暇。"而我如今说是在水上,那岂不是唱反调了吗?原来古人越中是舟游的,一叶徐来,双桨轻漾;不像今天汽车扬尘,过眼行云,什么越山之秀、越水之清,连稍事盘桓,略作周旋的时候也没有,我只好暂叫它道上,与水上分明有今古之别了。

绍兴是个古城,又是水乡城市,如何体现是水乡,水当然是主体,但组成水乡的部分,还有各式各样的桥。临水人家,粉墙竹影以及远水近水,曲岸流沙,渔村蟹簖,片帆轻舟等这些交映成景,绘出了浅画成图的越中山水。我本越人,自然会更加流露出乡土感情,也许体会比别人多些,曾信手写过这样一首小词:"似睡群山入暮冬,扁舟来从容。乍疑无路却相逢。粉墙风动竹,水巷小桥通。潋滟波光长作态,鱼龙啖影其中。江湖老去乐归篷。乡音犹未改,雪菜味无穷。(《临江仙》)"绍兴的雪菜又名雪里红,用来生吃也好,炒吃也好,真是其

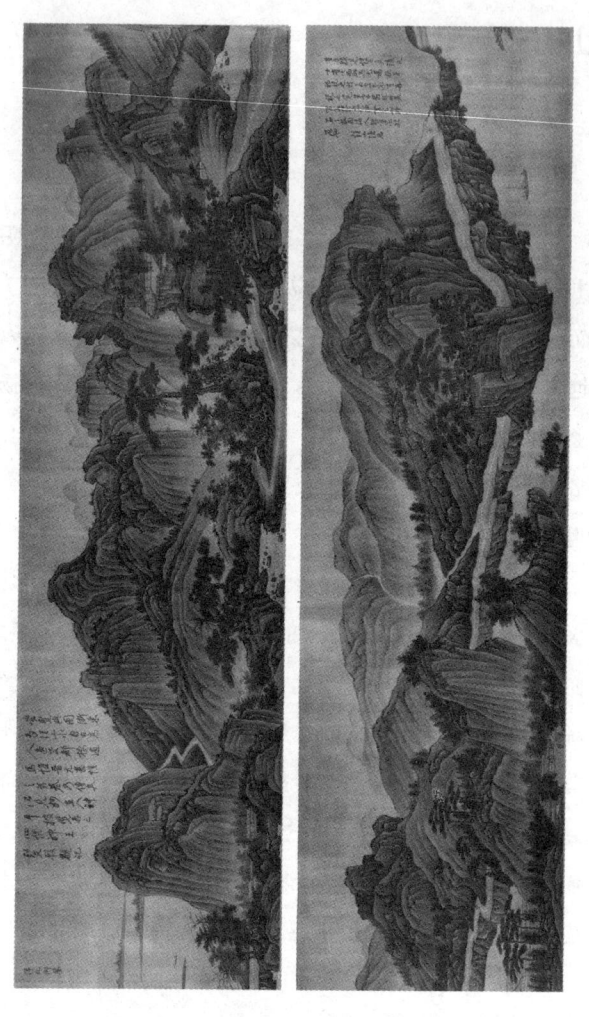

[明]佚名《会稽山图》（局部）

美难言。每次乡游都要尝它一下，带点回上海。全家在围炉细嚼时，便是我谈绍兴风光的最好助兴品。

绍兴真是名副其实的水乡，家家置船，人人操舟，小孩子五六岁便能上船去做动作了，正如城市中小孩学骑自行车那样，已是习以为常了。船有乌篷船、划子等。操舟有用手摇、手划，更有举世无双的脚划，男女老少无不咸宜，我看乡村中的居民，运用小舟比我们骑自行车还方便。我们久居大城市的人看来，真是羡慕啊！我常常怪来到绍兴旅游的人们，为什么不去真正享受一下水乡的情味呢？这不能错怪他们，多少也要埋怨搞旅游的同志们太现代化了。没有将"旅速游慢"这个基本概念弄清。

我曾经说过，山不在高，贵有层次；水不在深，贵在湾环。我从鉴湖经过陆放翁隐居过的快阁，转入九岩，曲水一回环，其间景观是由平水远山，荡入清溪危岸之中，嶙峋的山石、漫山的翠竹，显影在澄澈晶莹的水面，是一卷溪山无尽图手卷，人斜依船舷，有时游鱼会向你逗欢，我过去对"陶醉"两字，至此自认有些体会不够，这样的醉人景色，确是使人忘世忘机。但一忽儿想起明天又要回到满眼烟尘的上海去，不觉沉默了。然而今天大家又都留恋着大城市，这又是为了什么？一个人年龄一天大一天，可能逐步会得理解："小城春色"不是诗一般的美丽吗？

物质的享受与自然的享受，本来是统一的，古代的城市选址，没有不考虑山水"借景"的，我们多少中小城市都具备了这个条件。无锡的惠山，扬州的瘦西湖，肇庆的七星岩，杭州的西湖，等等。而绍兴城的"山阴水上"更为突出，从《兰亭集序》到《越中山水》等早已是引人入胜，先贤在前，也不必我再多说了。

1982 年冬

桥乡 醉乡

记得十几岁回老家绍兴,一大早从钱塘江边西兴趁船,越山之秀,越水之清,我初次陶醉在这明静的柔波里。在隐约的层翠中,水声橹声,摇漾轻奏着,穿过桥影,一个二个,接连着沿途都是,有平桥、拱桥,还有绵延如带的纤道桥,这些玲珑巧妙,轻盈枕水的绍兴桥,它们衬托在转眼移形的各式各样的自然背景下,点缀得太妩媚明净了。清晨景色仿佛是水墨淡描的,桥边人家炊烟初起,远山只露出了峰顶,腰间一绺素练的晓雾,其下紧接平畴,桥远望如同云中洞,行近了舟入环中,圆影乍碎。因为初阳刚刚上升,河面上的水汽,随舟自升,渐渐由浓到淡,时合时开,由薄絮而幻成轻纱。桥洞下已现出深远明快的水乡景色,素底的浅画,已点染上浅绛匀绿,河的深广、山的远近、岸的宽窄、屋的多少,形成了多样的村居,粉墙竹影、水巷小桥,却构成了越中的特色。晌午船快到柯桥了,船头上隐隐望见柯岩,而这水乡繁荣的市镇亦在眼前了,船夫在叫了:"到哉,到哉,柯桥到哉,落船在后面。"船泊柯桥之下,香喷的柯桥豆腐干，由村姑们挽着竹篮到船上来兜销了，我们用此佐以干菜汤下饭，虽然没有大鱼大肉，但吃得那么甘香。午后乘兴前进，船从水城门驶入市内，在我的脑海中，那点缀古藤野花的水城门与斑驳大善寺塔所相依而成的古城春色，再添上岸边花白色的酒坛在水中的倒影，既整齐又明快，逗人寻思，引我浮想，是桥乡也是醉乡。在水乡、水巷中，如果没有这许多玉带、垂虹，因隔成趣，形成千变万化的空间组合，是不可能负此嘉誉的。出了绍兴城，在舟中游览了东湖。东湖是一个水石大盆景，山岩固灵，而湖中桥横堤直，岸曲洞深，景幽波明，山影、桥影、桨影、人影，神光离合，实难形容。东湖之景，得桥始彰。舟前行两岸，新绿在目，而山映夕阳，天连芳草，越远越青，却越耐人寻味。晚晴不过暂时的依恋，转眼，已现朦胧的薄暮了，望中看到桥影中的灯火影，我们的行程快结束了，这时车已到来，在客店人员的招待声中，离开了看尽越中山水的船座，它勾起了我五十年后如梦如幻、如画如诗的回忆。也就是我垂老之年尚要编写这《绍兴石桥》的动力。

　　解放后，1954年我应浙江省文物管理委员会之邀，普查了浙中古建，我水游了越中的名迹遗构。后来在一个暮冬的寒天，乘着乌篷船，缩身上禹陵，筹划修建工作，水寒山寂，朔风吹篷，寒不能忍，暂避桥洞之下，觉温和多了，我分外地尝到了桥的另一种滋味。至于大暑之天，桥洞又是纳凉的洞天福地。而桥头望月，桥阑乘风，桥塊迎阳，四时之景无不可爱，宜越人之爱桥，故无桥不成市，无桥不成村，无桥不成镇了。绍兴石桥之多，堪称天下第一。

小舟咿呀，帆影随衣，远山隐约，浅黛如眉，尽入圆拱。平梁之中，方圆构图，画与天工争巧。水上之景，赖桥以成，绍兴有近五千座的桥，恐穷尽天下画工，无以描其缥缈凌波之态，人但知山阴道上之美，而不知桥起化工之妙。

　　一舟容与清波里，两岸稀疏野菜花。
　　山似黛眉谁淡扫，水边照影有人家。

　　青山隐隐水迢迢，是处人家柳下桥。
　　晓雾蒙蒙春欲醉，黄鹂几啭出林梢。

　　三步两桥接肆前，市头沽酒待尝鲜。
　　渔舟唱晚归来近，水阁人家尽卷帘。

这三首是我那次去安昌镇归途中写的，绍兴的村镇，其幽闲恬淡，适人乡居，确是耐人寻味，甘心终老之处。桥在整个村镇中起着联系的作用，东家到西家，南头往北头，都要经过桥。桥与桥相连，桥与桥相望，而相隔人家的白墙灰屋，倒影在水流中。水上有轻快的脚划船，有平稳的乌篷船，门前屋后皆是停舟处，划船对老人小孩来讲，仿佛城市中的自行车，太方便了。老人戴了毡帽，悠闲地坐在小舟上，口含了短短旱烟管，两脚有节奏地运动着，舟如一叶飘水，景物神态，悠闲自适。安昌这个镇上有着十余座不同桥梁，支流上还有小桥，桥边酒楼临水、人语衣香，暮春初夏，夕阳斜射于桥的鬓边，照影清澈，数声早蝉，声嫩音娇，向晚的五月天，景不醉人人自醉了。这样的水上人家，绍兴处处皆是，也唯有在绍兴处处都能领略到。

"小桥通巷水依依，落日闲吟到市西。柔橹一声舟自远，家家载得醉人归。"人们都称美绍兴城，是水乡城市，我说绍兴是水乡村镇，水巷城市，比较妥帖一些，因为绍兴城外弥漫着广泛的河流与湖泊，村镇都安排在水上，无处不可舟通，而城市呢？周以护城河，环以城墙，有陆门水门，过去水门交通，远超陆门，那大舟小船，清晨鱼贯入城，中午或傍晚又相继返乡。城中的交通很

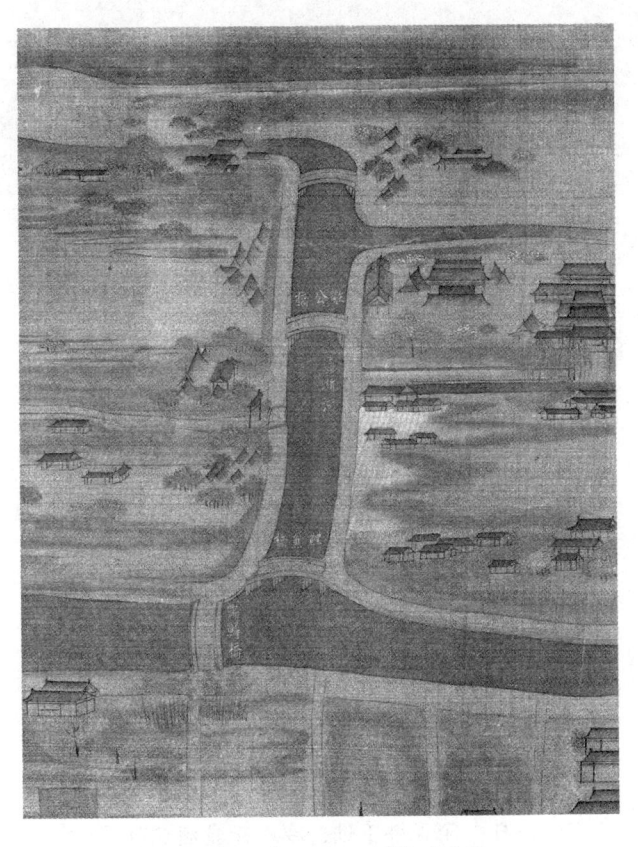

[清]佚名《越王宫殿图卷》中的桥

多是水陆并行，有一路一河，有两岸夹河，亦有只存水巷，仅可通舟。所以河道成为绍兴的动脉，无水未能成行。而桥名又多取吉利，每当喜庆，花轿行经，所过之桥，在西北方向要过万安、福禄两桥，东北要过长安、宝祐两桥，往南要经五福、大庆两桥，事虽近迷信，亦可以看出绍兴桥梁之多，与人们的生活所起紧密的关系。在城市因桥所起的街景，亦就是人们所谓的水乡景色的组成中心。这些有桥与塔，桥与住宅，桥与廊，桥与寺观，桥与戏台，桥与牌坊……而建筑物中又点缀了桥。其形式大小，可说是因地制宜，极尽变化之能事。从步石、纤道桥、梁桥、拱桥、三脚桥、八字桥……古代劳动人民凭其对石桥的巧妙运用，可以灵活自如地应付各种水上的需要，那是太伟大了。如今新建之桥几乎只有一种拱桥形式，似乎感到太单调点吧？

几人识得闲中乐，邂逅风情别样浓。
日午闻香桥下过，乡人贻我酒颜红。
玉带垂虹看出水，酒旗招展舞斜阳。
人生只合越州乐，那得桥乡兼醉乡。

桥乡、醉乡，唯绍兴得之，在城乡风光，组成起主导作用的，应该归功于桥，我们用桥作为线索，将绍兴水上风光记录了下来，这是一方面。另一方面绍兴是我国石桥宝库，在世界桥梁史中占极光彩的一页。我们对它的桥做了全面的调查，前后花了三年多的时间，虽然不能说行遍了每条河流，但基本上是尽了力所能及的普查了。工作中有春秋佳日，有炎日寒冬，也遇到雨狂风暴，总之大家是付出了一定劳动的。

云山接仙迹

浙东与皖南都有佳山水；浙东在秀，皖南在奇，各见其长，如略苛求的话，老实说，浙东有山有水，皖南在水上似乎略逊一些，万一黄山没有云雾，那也绝不会成为天下之奇。我游浙东的仙居，早就想着写点小记，但是苍润的景色，峥嵘的山石，潺湲的流水，婉转的鸟语，一时难于下笔。这个在浙东并不出名的胜境，可能因为夹在方岩与雁荡两山之间，而被淹没了。近年来，我很怕到那已开发的风景区，总觉得"进步"得太快了，淡妆披上了浓抹，我的感情不容易接近她。这仙都的几里方圆地，说它有仙气，倒不如说它有清气。仙都溪清而多湾环，山高而多俊骨，因此身临其境，高山平泉对比十分清晰，晓雾暮霭，却如薄纱轻笼，使奇峰益显得神秘，难怪有仙都之称。

我们从缙云县城一路行来，沿溪看岩，路深景逼，数里的溪山长卷，已将我的游兴渐渐地引入遐思，仿佛桃源在目，初至豁然开朗的洞口那样。我早为景所迷，信步入山，迎面石壁，斑驳的历代题字，古墨生香，消我俗气，可惜的是加涂上了红漆，很不顺眼，而入山崖道石洞，却又被开凿了，变成公路畅道，我独自在扬尘的水泥桥上，下瞰湍流，叹息这幅溪山图，已是残本了。

我怀着难言的"隐痛"，登上了半山亭，却又破涕为笑，仰则峰危耸天，相依竞翠，其中一柱峰拔地千仞，下瞰一座明代石桥，横空枕水，有如玉带映波，横直的对比，形成山益高而水无穷，中国书法有竖直划平之说，其构成美感的原理，却是相通的。这里山的层次数不清，云的浅深看不明，水的曲折望不尽，我们入山越走越深，有些飘飘然了。时节正是乍寒还暖，山区的傍午还有点微醺，薄汗润衣，步入农家内啜高山新茗，泉清杯荧，碧乳浮香，心神顿爽，因为附近的龙泉，是出名瓷的，所以饮器有其天赋独厚之处。到此体会到游山览胜如果不付出一点劳动的代价，即是没有超脱高尚境界。我虽是上了年纪的人，但亦绝不做不劳而获的"贵族"旅游者。

五岳为山之尊，皆由于平地起峰，故气壮盖世，仙都之妙在具体而微，清逸过之，既是真山，又像盆景，故亲切怡人。临其境有如隔世，所以称它为仙都。我记得在仙都时题过这样一副对联："云山接仙迹，人海表高风。"上联写景，下联抒情，在茫茫的人海中，我希望处世应该有点高风，非无所谓而发的。高尚纯洁，还是社会主义的可贵品质吧！

1982 年 10 月

日月并升天下奇

春悄悄地又来了,人们欣欣向荣,大家有时在谈着今年春游上哪里去。因为精神文明,可以促使物质文明。尤其祖国的河山,实在太丰丽多姿了,只要我们稍加探索,乐土便豁然在眼。去冬上了江西萍乡,找到了那洞天福地的"孽龙洞"。接着二次去了钱塘江口,都使我留恋、遐思,永远是幅幅美丽的图画。

我们现在搞旅游,要讲旅游线,从上海到杭州可以去乘火车,回来坐汽车。坐火车,中间站有嘉兴,看南湖,游烟雨楼、曝书亭、落帆亭等名胜。坐汽车呢,经过海宁、

〔日〕池大雅《钱塘观潮图屏风》

盐官，观举世闻名的钱塘江潮、海神庙、陈阁老与王国维故宅。再北行便到了海盐，有澉浦的永安湖，城内今存浙江最大最精的园林绮园，沿岸海天一色。车达平湖参观地主庄园，华堂厦屋、小院幽轩，一座封建社会的大住宅，布置井然，予人以教育甚深。最后经过金山便到上海。这条汽车的旅游线，比火车线可说丰富多了。

风景之美在山在水，两者相兼，必成佳景，澉浦的山蜿蜒多姿，层峦叠翠，在橘林竹林的四山环抱中，出现一个平湖，这就是永安湖，又称南北湖。山的一个高峰称鹰窠顶，很形似。这湖不大，亦不算小，当然比不了西湖，可又比瘦西湖大，它的好处，是比瘦西湖幽深，比西湖玲珑，能兼两者之长。它的特色尤其在于湖外为海。那就是山水之外再加一个海，山光、水色、涛声，够你受用的了。因此古人便有"测海观潮""永安揽胜"的景名。我们缓步入山，达巅，有一座云岫庵，庵名题得太雅了，是从陶渊明"云无心以出岫"这佳句中拈出来的。不但点出风景，同时也表达了僧侣们的出世之想。每年农历十月朔（初一）晨，传说在云岫峰可观"日月并升"奇景。那天不但游人多，远近的地理学家、天文学家，亦都参与其盛，更多了一层科学兴趣。这里听说当年秦始皇来过，因此有"秦驻天堑"一景。整个风景区，像个村姑，没有被"都市文化"

所"污染"过。因此无华厦，无高楼，没有那种打了牙齿镶上金牙的丑态，是平淡、天真，可以容我沉吟，任我周旋，耐我盘桓，享受一次诗也般的游憩。

我近年越来越怕赶时髦了，连旅游也另有打算，"你打你的，我打我的"，我怕到出了大名的"胜地"，觉得感情上反而同它合不来，所以那种"小城春色""野草闲花""竹篱茅舍""平泉远山"等等，多少给我一些消除疲劳、暂别城市的感觉。回来后确使我产生了无穷的动力，工作效率有显著的提高。

今天我们的生活一天天地改善了，人们对于春日的旅游，兴味与认识也随着更文明化了，我不希望大家趁热闹，都涌到苏州、无锡、杭州等大景区去。分散一点人流，吃腻了的大餐馆，不妨换一下"随意小吃"吧！

嘉兴地区每个小城镇都有各具风格的随意小吃，过去丰子恺先生从杭州到上海，他总是坐一只小船，每到一处，上岸购点土产，点几味小菜，边酌边吟，不失为雅人风度。永安湖四周环山，产橘甘甜。而鱼虾鲜美，乡店待客，不须久待。山间清泉，碧乳浮香，亦无用挤坐。这些恐怕亦是每个旅游者所向往的吧！

1983 年 3 月

此园浙中数第一
——记海盐绮园

一别绮园已是二十三年，很想再去望望这位"故人"，因为经过十年"浩劫"，不知还健在否？去冬经过海盐，晓得它无恙，那天是阴雨，所以没有停车。最近特地去见它，真是惊喜交并，园尚在而宅将全亡，听说是迎新（住宅）弃旧（建筑），将大木材化为家具，美其名是分废料而落入"民家"。将一座很完整，而艺术水平亦很高的宅园，弄得不成整体了。但是维纳斯雕像虽残了手，终是一具千古不朽的作品。

吴兴、嘉兴二地，南宋以后多园林，吴兴今以南浔为鲁殿灵光，嘉兴则此海盐绮园硕果仅存了。但是我们从已存极少量的浙江园林来说，绮园可说唯我独尊，"浙中第一"。

绮园在海盐城内，清同治十年（1871年）冯缵斋以其外家黄氏（黄燮靖婿）旧园重修，园实为明代所遗。在住宅的东北，宅额三乐堂，厅楼高敞，结构极精。园自西侧门入口，中建花厅，前架曲桥，隔池筑假山，水绕厅东流向北，布局与苏州拙政园极似，水穿洞至后部大池。其游径是由山洞、岸道、飞梁以及低于地面的隧道等组成，构成复杂的迷境，为江南园林所仅见。厅后以小山作屏，有峰名"美人照镜"，殊硕秀。山后大池亘以东西向与南北向二堤，后者贯以虹桥，桥东筑扇面亭，园之东北隅，障以大山，达山巅有亭翼然，登亭全园在望，下瞰近处深谷，谷下蓄水潭，复小桥，涓涓清流，是该园一大妙笔处。池西北有水阁，横卧波面，与对岸虹桥相呼应。池水荡漾，古树垂荫，是一幅湿润江南小景，支流婉转，绕山成景，因此我初到此，便得"水随山转，山因水活"的叠山理水园论。西北山高，前后皆有景，故多余韵。其所以能颉颃苏扬二地园林者，山水实兼两者之长。故变化多气魄大，但又无苏州之纤巧，扬州之生硬，此亦浙中气候物质之天赋，文化艺术之能兼收所致。但三地园林相互影响，孰前孰后，在此园中颇堪寻味，实为研究造园学与园林史之重要实例。

如今这园的管理，很不够重视与理想，堂轩皆未开放，任其扃闭，动物进园，咆哮怒目。环园皆高层建筑，放眼无从。看来地方上对它太不够认识，我说绮园是海盐的眼睛，亦是浙江的明珠，望勿等闲视之。

1983 年 4 月

小隐名园几日闲
——兼谈园林的散与聚

上林我厌繁华地，何处烟波洵耐看。
柳拂长堤横玉带，廊虚穿影入西山。

北京是常来常往的地方，嵯峨宫阙、蜿蜒西山，华丽的颐和园、雄伟的八达岭，都曾任我盘桓，南归后时时浮起它们的朝形暮态，一幅幅的时序变幻，往往引起了各种各样的思绪。而每次重游，又有着不同的感触。去年十月，友人贝聿铭兄邀我参加他设计的香山饭店开幕式，我悄然来到山间，回忆起二十年前在香山的往事、星散了与下世了的朋友，吟出了"香山不语京华西，廿载重来一布衣"的诗句，作为一个像我这样平凡的人，多少亦体会到一点人生"无可奈何花落去，似曾相识燕归来"的滋味了！

这次来北京，我是没有准备的，我方从山东益都等处考察古建归，行装初卸，想小休一下，同时妻也常埋怨我说："上了年纪了，终岁浪迹在外，又何苦呢？"

［清］张若澄《燕山八景图之西山晴雪》

我也渐渐理解她的好心，感到唯有此生相依为命，同尝甘苦的老伴才会有此规劝，她的心是真诚可亲的，世界上这种看来是极平常的家话，而其中包含着四十年相处之爱，表达了她最真挚的夫妇感情，"蔗境老来回味永，梅花冷处得香遍"，可以用作写照。

在家中只住下几天，北京来通知了，加上老学长叶浅予同志函促，要我从速动身北上，参加中国美协与中国画研究院举办的"张大千画展"及张氏学术讨论会。师谊、友谊，一时交并，我怎么可以推辞呢？振我疲躯，匆匆就道。上海还是初夏天气，北京却早热，午前抵站，炎阳逞威。下了火车，找不到来接我的人，我虽算是熟悉北京，而今却越来越陌生，车如流水、人似穿织，茫茫何处去程，我有些犹豫了。通知书上的住宿地点，就是中国画研究院所在地颐和园藻鉴堂，那我只好叫了一辆车直奔颐和园。当然这偌大的名园，是不会弄错的，藻鉴堂亦知道在园内，可是司机同志只被允许开到东宫门，把我在门前放了下来。时方中午，从东宫门起要跑两个多小时才能到西南角我们住的地方，真是对着昆明湖兴叹，"盈盈一水间，脉脉不得语"，"望美人兮天一方"。下定决心，我只有用我的双腿，行行重行行，来完成此环湖"长征"了。再想想人生的漫长道路，又何尝不是如此一步步地走呀，六十多年的岁月，不也很快地过去了吗？除了"继续革命"，存不了其他什么幻想，既来之则安之。我回忆起当年在"红卫兵"的鞭挞下，从上海的罗店走回学校，路程是更长。痛苦的遭遇，不也已经过来了。同我今日徘徊在湖边的感情是不可同日而语的。走吧，向前进！历来颐和园是多么令人向往和陶醉的地方，依恋、沉醉、忘返。而今呢？我已像一个"拉练者",如果此时有费长房缩地之法,我且不可少流两小时多的黄汗了。时正中午,腹饥口渴,那曲折的长廊,已变成增加我疲劳的痛苦刑具,沿着湖边土路走,倒是干脆轻松一些。袋中仅余的几根烟,也差不多早完成了使命,不得不在亭子中买了一包烟,信手抽了一支,望望玉泉山,猜疑着其前的藻鉴堂,遥远的路程,期待着愉快的休息、痛快的午餐,再回顾走完的长路,唏嘘太息一番。拿出手帕擦了擦汗,背起两件随带的行李,继续着我的前程。长廊已完了,走过西宫门,游人是一个也没有了,夏午的烈阳,照得高树投下一个个的浓荫,波光闪耀得如同银镜,温度已迫使你追求室内的清凉,而脚下的路还是那么长!一步一个脚印,踏在土上,飞起淡淡的轻尘,染在我汗湿的身上,颜色是粉黄的,擦上去沙沙地作响。如果没有行李,也不是中午,在晓风残月中,在春秋佳日里,那悠闲地做半日清游,比坐汽车不知要文明多少倍。我在此刻不是不爱昆明湖,而境遇使我产生了憎恨,使我错怨她,那实在对她太委屈了。游必有情,无情难以兴游,我不但无情,而且有了些怨意恨态,这叫我怎样说呢?

渐渐地走近玉带桥,在歧途中,我开始彷徨了,四顾无人,何去何从,居然远远来了一辆自行车,看去是个园中工人。我招呼了他停下来，正在承他指示迷径之时，后面来了一辆汽车，我挥手向他们呼援，而车立刻便停了下来。原来里面是去北京站接我的人，连拉带拖将我拽入车中，飞轮扬尘，转眼到了藻鉴堂，在车中望望迅速过眼的长堤，私下太息着，我如徒步，怕一小时后还在水边彳亍呢！阿弥陀佛，救命王菩萨。

藻鉴堂原为颐和园一景，今重建易为洋楼，中国画研究院临时院址，是一个小岛，多桃树，实大逾碗。堂前方池鉴藻，名由是出。这地方已是颐和园的西南隅，附近还有处名畅观堂，是一组面湖的建筑，听说当年西太后来此赏月，堂馆没有修整，在作训练班教室宿舍之用。是区风光，实在太幽静，但闻风声、鸟声，忘世、忘机，骤雨新凉，洗得万木青翠，柳梢间隐隐望见万寿山一带金碧楼台，松柏中透出西山鬟影，像水墨描的。虽然进城不便，困居"瀛台"，但凭栏遐想，虚廊下偷闲写此短文，我幸运地疏远了世务酬对，放弃了来北京免不了的俗套，让我深藏在京华的僻地，意外地留下了一幅淡逸的"京隐图"。它仿佛满汉全席席终时的一盆酸盐菜，有着它不染京尘的清味。

初阳轻拂在水边的柳上，我独自蹲在漂浮波面的石矶上，视线在垂杨底穿过十七孔桥，引申到万寿山一带，空灵缥缈，如在世外，闲适高逸，有些像仙人下瞰尘世。西堤一带，疏烟淡雾，芳草闲花，西山似眉，塔影若笔，人行其间，一衣带水，勾引起我少时西湖的游踪，那时的苏堤一带亦正是如此光景。可惜我不能久留于此，倦鸟偶栖，留下来日回忆的梦痕而已，不免有些怅然。

今天万寿山一带，已是成千上万的游客，摩肩接踵，有些像逛上海大世界。整个名园，人流都集中在那里，再想到杭州西湖，亦不是都挤在孤山一带吗？为什么颐和园在西南部分少有游人，西湖在南山罕去游客，连游风景也有些像上王府井与南京路，感到风景区的人流有散与聚的这个问题，成为今日急于运用辩证方法来解决它，已是刻不容缓的了。聚与散是相对的，园林只聚不散，无以言赏景，遑论说管园。颐和园藻鉴堂为机关、畅观堂开学校、杭州西湖雷峰塔址开宾馆，人为的禁地，怎不使游人集中一两个赏观点呢？像颐和园、西湖面对游客的不过几分之几，有多少倍的好地方，没有地尽其胜呢？我们口口声声说要扩大旅游区，要发挥潜力，而又为什么许多连近水楼台的地方不利用，却被那些单位占领了？风景区在于有景可观，能散游人。害于占领，更危于破坏。从前我怕到颐和园，因为人太挤，我觉得似乎没有更好的办法来解决，几日藻鉴堂小住，使我聪敏起来了，颐和园的西南部开发整顿是有前途与有其必要的，当年西太后也没有放过它。事物不是绝对不变，而是相对的，散与聚也是相对的，如果能在这个问题上下点功夫，好好分析处理一下，颐和园的旅游事业能有所提高，必会出现一个新局面。我深切地希望北京园林局的一些朋友们，西郊的风景资源，你们要像保护美人的眼睛一样地来珍惜它。

1983 年 6 月 19 日

于藻鉴堂

"阁忆天心胜"

漫游湘中,匆匆已是七年前的事了。那是1975年夏,我应湖南博物馆之邀,在全省考古训练班讲授中国建筑史与古代建筑,住在湘江边,风物恬静,"湘云低昂,湘波容与"。使我领会了宋人姜白石的名句,确实写得太妥帖了。课毕,邀我上了岳阳、湘潭、衡阳,再西去常德、大庸①、沅陵,渡过湘资沅澧四水②,湘中的山水风物,令人久久难忘。我有时翻阅当时的笔记,不觉神驰千里,峻岭云山、清江片帆、茂林古木、湘兰楚竹,织成了锦绣山河,屈原在《楚辞》中的那种描写,真是当之无愧。如果我们研究古代南方文学,那必先从湘中山水入手,不领会湘中山水之美,绝不能理解湘中成为南方文学首创地的原因。

我是搞古建筑与园林的,因业务关系,每到一地,不免要发思古之幽情。长沙自抗日战争中大火后,旧建筑是所存无几了,就更使我留恋这些遗迹。我为了找寻定王台,遍问长沙的熟人,皆不知,这使我有些愕然,

---

① 即今张家界市。——编者注
② 即湖南四大水系,分别指湘江、资江、沅江、澧水。——编者注

[清]张若澄《湘江全景图》（局部）

历史的文物、遗址，是不是就这样无情地被消灭了？还好，终于在临行的那天找到了，已是断垣残壁。台亦无存，几令人难以置信。以前的图书馆，毛主席当年曾读书于其间，今亦夷为平地。我在这废墟中，徘徊得很久，在无可奈何的情绪下，再三回顾了几下，似乎是永别了，下次再到长沙，恐怕连定王台三个字也渺难问讯了。

"阁忆天心胜，亭留爱晚名。"革命前辈董必武老人留下了这两句美丽的诗句，刻画出了长沙的形势、风景和革命历史。天心阁、爱晚亭，这两个名胜之地，象征了长沙伟大、光荣的历史，岂仅仅是一个古迹名胜而已？

33

爱晚亭要不是董老的赞扬，恐怕也被作为"破旧"的对象毁灭了。是往事了，思之唏嘘。

天心阁原为长沙城的一角，城壁完整，高阁凌云，登阁远望，全市间阁扑地、湘江如画，新旧市区概貌，予人以明确亲切之感。现在天心阁已组合在绿化地带中，更显见其英姿。我们游览名胜古迹，实际是在受爱国主义教育、历史文化教育。我登天心阁，仿佛在重温童年上地理课时听老师讲长沙城，所以对它的印象特别深，尤其城墙的转角，踏步的蜿蜒，屋顶的翠飞，显出了所谓建筑美，是我国民族独特的建筑美，我一时陶醉了。

历史文物蕴藏着内美，是我五千年古国的美，是民族的美，是祖先们智慧的美，是点缀江山的美。它予人以可游、可观、可想。人们在它的身上，得到精神上的自傲、安慰、力量，绝不可等闲视之。董老重到天心阁，在他的"阁忆天心胜"的一个"胜"字上，真是含义无穷。我在想，他老人家在构思此诗时，是从天心阁的形胜，联想到与毛主席一起在长沙进行革命时的岁月；他追忆到那时的天心阁，又看到了今日的天心阁，更见到了新中国的新长沙市。天心阁是长沙市的标志，历史见证，董老诗句真是脉脉含情、依依为怀，而万千心绪，唯一"忆"字而已。

1981 年春

平林浅画出眉湖

虽然是初冬季节，上海西郊犹是晚秋风光，汪道涵市长招我同游这里新整修的一所宾馆。平林漠漠，黄花淡淡，间有点缀着的几树红枫，这境界是那么的恬淡清远，不信上海滚滚黄尘，有此一座野趣的园林，我不禁神往了，忽然从我身边掠过一只山喜鹊，石青的鸟背、乌黑的长翼，仿佛是宋人的画本。这些引起了很多的遐思，"城市山林"，真的如今是"宛自天开"了。信步芳径，转了两个弯，忽然碧波数顷，曲水回环，陪同的人说，这是上海瘦西湖啊！我说一点不错，贵在自然，如一个未经浓妆的村姑，朴素中见风韵，更启发了我脱口而出，这可称它为"眉湖"，秀美宜人，不言瘦而窈窕在其中了。湖边正在拟建的一个面水建筑，那可以称它为"横波楼"，宾馆亦可叫"眉园宾馆"了。眉湖中的鱼是那么鲜美，不妨名为"眉鱼"……眉是人不可缺少的最微妙的面部点缀品，它衬托了其下"横波"的双眼，能引人们很多很美的联想。我们园林就是要予人有弦外之音，可游、可留，还要可想，题名不能以粗暴的态度对付它，要婉约雅致一些才是。像这样的一个上海郊园，它在城市中正如人的双眉一样，是不能缺的，而在上海的地位，亦如眉在面部一样。我曾经说过，绿化就是文化，没有绿化就没有文化。上海是绿地面积缺少的城市，在西郊有这样一片不大面积的绿地，它对上海人民的健康起着无比重要的作用，我们要仔细着意地去描绘它，切莫画蛇添足，失其天真。今后但望这地方能成为一个有文化的绿化区。

1982年秋

我住香山第一人

霜叶红于二月花。正是晚秋天气,从江南来到北国,与贝聿铭先生悄悄地踏进了香山饭店,粉墙松影,红叶漫山,这雅洁的新建筑,将在一天后(17日)下午开幕。贝先生邀我北来,在布置得最紧张阶段中,对庭园的点缀上有所倾商,我便第一人住在这里,而他自己却赶回到市里去了。朝晖夕霞,风声鸟语,在极恬静的山影里,我暂时陶醉在明快的秋色中。

贝先生接见来自四方八处的记者,谈了他对香山饭店的设计想法。他是试图以低层庭院式的建筑,作为旅游宾馆的变革,记者问他这建筑应该算第几流,他笑着说由大家去评定吧,我想不久自有公论的。

香山饭店选择的地点是好的,四山环抱,面面有情,是一所山麓花园的宾舍,山光、水影、鸟声、树姿都被吸引入建筑群中,黄昏我独自漫步山间,那灯影的变幻,宛若迷宫。因为巧妙地运用了传统手法的空窗、花窗,深得宋人"庭院深深深几许"的词境,益信其构思之妙。我私自欣慰着,如果衣香鬓影,屐履匆匆,我亦无分享此清福，只能留待回思与留恋了。

洞房曲户，回环四合，阊畅逶迤，分合自如。不同的功能，体现了相异的形式与风格，既是山居，但社交活动之所亦包括在内，亲切宜人，无豪华炫目之态，而景入窗扉，香山可撷，在"借景"上是花了一番推敲的。

贝先生苏州人，他爱石成癖，在国外是梦求无成，这次为设计香山饭店，实现他的梦想，到云南、安徽等地罗致了不少好峰石，如今都妥帖地安排在庭院中，又亲自栽竹点景，口口声声盛赞着工人们的热情配合。

树高千丈叶归根，缩地移天若比邻。
装缀河山凭妙技，兴移点笔故园春。

这是1978年冬我告别纽约时，在饯行席上赠贝先生的诗，他感到，一个在海外住久了的中国人，应该叶落归根，这触动了他来祖国搞建筑的心。他勘查了许多古建名园，想通过香山饭店的设计来发扬祖国的文化，今天虽然他很谦虚地说这是个开端，我说这是个良好的开端，我们就是要珍惜自己祖国的文化。他由衷地笑了。

1982年10月16日 香山

梁山留迹

鲁西几度作勾留，道是风光此地幽。
十里杏花开烂漫，梁山扶得醉人游。

虽然已是晚秋天气，梁山下的几树红叶，却点缀在杏林之中，宛若花时。我在山麓的杏花村，薄醉之后，上了梁山，在聚义堂的遗址旁俯视杏花村，清风拂面，襟怀爽朗，写下了这首诗。乘兴又题了"雄镇鲁西"四字，同行者说我已点出了梁山之品，给我们这次风景规划立下了意。

梁山，由于《水浒》的流传，它的盛名且有超过"五岳"者，我这次不是逼上梁山，而是被邀入山。前年去了景阳冈、狮子楼、祝家庄，这次又有幸再登上了梁山。鲁西为平原，在这地区，梁山算是最高的山。它本名"良山"，因为汉梁孝王曾在此山北麓打猎，且死后亦葬于此，故改名"梁山"。梁山泊从五代到北宋末，因黄河多次决口，水汇山下，水域益广，号称八百里。当时山危水阔、港汊纵横，形势十分险要。如今地貌已发生变化，可是在附近还存有约二十余万亩的东平湖，使游者尚能追思当年景象，"驴马二三羊夹道，停车水上看人家"，倒有些北国江南的风味。

现在游梁山一般是从当年大寨联后集（后寨）的马道上山的，回望凤凰、青龙二山，拱卫若屏，行到李逵镇守处——黑风口，地居二山间，石岩若壁，所谓"无风三尺浪，有风刮掉头"之处。翘首望梁山主峰虎头峰，环寨墙两道，叠石累累，遗迹很是分明。鼓余勇，踏乱阶，俯身攀登，入两道寨门，到了忠义堂遗址，自汉以后的残砖碎瓦俯拾即是，可能当时是利用原有寺庙建筑而悬新额的。其旁有"旗杆窝"，云为"好汉"们竖旗之地，有井一，称"宋江井"。回顾四野，平畴千里，此即当年水泊之处。而山石岩层，犹历历见水浸之痕，足证前时是可作起义军之根据地。因此我们建议梁山做一个遗迹风景区，既需封山育林、绿满山寨，而遗迹修整可任人凭吊、引人遐思。

郝山峰是梁山右寨，乃西路水陆制高处，与大寨成掎角之势。雪山峰居虎头峰东北方，为当时"练兵场"与"点将台"所在处。因遍植梨杏，花时若雪，故得名。雪山峰南端原为赛马场所在。

杏花村，《水浒》中的王林酒店便设在此处，李逵常来此吃酒。杏林映梁山脚下，原有莲台法兴二寺，寺虽废而尚有石刻、僧塔（西竺禅师墓、墓塔），所处之境极幽。有石井甘泉，水清冽照人。山间有莲台，存唐刻。即"莲台春色"所在地。至于孔子问礼于老子的问礼堂石窟，也在这杏花村上。东平湖之滨还有腊山与司里山，前者又称小岱峰，后者又名棘梁山。腊山上有唐代石刻，司里山山间藏寺，每年都有社戏，数十里村民欢聚于此。市内凤凰山有洞如屋，可容千人。踞此遥望梁山如在几前。都是可作小游的。

前年日本《水浒》研究代表团，专程到梁山来参观遗迹，寄予了莫大的兴趣。而国内旅游者亦日多一日，是处牛羊之肥、蟹鱼之美，不逊江南，且胜北国。它很快必将为鲁地重要旅游胜地。

1982 年 11 月

萍乡擒孽龙

去年寒冬，已近岁阑，我带了上海电视台、江西电视台与同济大学电化组的十多个青年一起顶风冒雪上了江西萍乡。卓荦群英，婆娑一老，我几乎忘记自己的迟暮了。因为那里新发现一个大洞，其名曰孽龙，这条孽龙在萍乡郊外，离市区并不远，有汽车可达，将成为旅游点。萍乡这地名，人们一听，便以为是个矿区，其实它环城皆山，景幽而水秀，重叠的峰岭与清澈的溪水组成了一幅"环照图"，真是面面有情，处处可游。依郭的横龙寺便是市区市民日常最好游憩地，山形如椅，有一水中流，山巅的横龙寺，里面有条长廊从山门通到山间大殿，殿是全杉木不髹漆的建筑，用三个八卦顶勾连成顶，是座罕有的文物。殿前汇泉成池，其绿如油，其清若镜，甘而且洌，可以醒酒。

游罢横龙寺，引我遐思，匆匆赶上孽龙洞。我是到过不少洞的，对于洞的评价，深怪那些就洞论洞，不见天日的人，似乎太短见了一些。好洞要有好景，景是指洞外的山景。孽龙洞就是洞外有景，途中有景，而其最妙的是山间岩石,劲峭、玲珑,宛如假山,石壁浑成,斧凿无痕,深叹有些愚蠢的好意人,真山面前堆假山,弄巧成拙,而这里真山上面有"假山",真即是假,假又是真,大大启发了我们在造园学与美学上的一些探索。

擎龙洞现在正在整理中,正式洞口尚未通,将来可以竹筏入洞。这次我们是从一个一百二十米的陡洞,俯身爬进去的。全身着了矿工的服装,带上矿灯似走实爬地到了洞中,在装上临时电灯的洞府中,真有五色令人目盲之概,白的、黄的、紫的、淡红的钟乳石、岩石,形形色色其状莫名,照耀在涓涓清泉或一泓小池之中,迷人、眩眼、恐惧、兴奋,种种思绪一时都呈现了出来,这不过是一曲的序幕罢了。

这洞有六千米深,进去攀山涉水,有时人要屈身而行,抬头山石触顶,有时豁然开朗,是一座广大的敞厅,可容千人,那乳白的溶石,倒泻如瀑布。透明的莹白似水晶。潭边闪闪发光,闪烁像金刚钻,洁净若莲花。而花底游鱼,鳞白如玉,因为生长在洞内,世代不见阳光,所以一身没有受到人间的污染,长成了清白干净体。洞中的水是来无踪、去无迹,人可循溪而转,可绕石林而旋,水石的变化,可称极致。有些地方水退了,只余下了沙,仿佛如日本庭院的枯山水,用沙来代替了。泉声、瀑声，常常是游洞的导引声，有时淙淙如琴声，索索若蛇行，数武之后则巨水自岩中出，喷同飞雪。时值严冬，而洞内尚温，倍觉可亲。我们全体摄影同志，整整在这些地下美景前工作了四十八小时，将这些如幻如梦、似凡似仙的境界一一上了镜头。终于擒住孽龙，可与全国观众见面。江西历来以道教著称，道家有所谓七十二洞天，如果没有那些奇怪幽深的天然洞穴，恐怕其道术也不至具有如此无边威力了吧。

萍乡城内有文廷式的故居，半西式小楼三间。郊外风景区佛教的"杨岐禅宗"圣地的杨岐山，还有他的墓。文廷式是清末的著名文学家、爱国主义者，1890年庚寅科一甲二名进士。做过光绪帝珍妃的老师，参加过戊戌政变。词尤为世所推崇，名《云起轩词钞》。他的宅与墓亦小游萍乡者所必驻足处。

1983 年初春

仰天负手看华峰

　　暂罢尘寰事，空山叩寺门。
　　万松人俱寂，月下几钟声。

　　四年前的一个晚秋，我住在浙江天台山的宾馆中，午夜乍起披衣，独自在树林中隐约的小径里，敲着国清寺的山门，去参拜僧们的晨课。说是晨课，不如说夜课，一轮明月还挂在松巅，山间是那么寂静，唯有神秘而入玄的宗教礼拜声，由近到远，微妙地消失在空旷中。忽然记起了苏曼殊那句"庵前潭影落疏钟"。面对着寺前的清溪，鹄候着小僧的开门，也就作了这首歪诗，今日偶然检到，勾引起了我那时的回忆。

　　在1954年仲夏时节，我应浙江省文物管理委员会之邀，来国清寺调查古建筑，我们是白天在寺中工作，晚间住在城里，因此没有这一回的那种超然的享受。国清寺在山麓，门前的"双涧回澜"水不是东流而是西流。寺规模很大，山门外还有一座宋塔，这样一组严整有序、高下相称的建筑群，隐处在松林如盖、薄雾轻笼的高山下，更显得个人的渺小、平凡，有着一种无可捉摸的力量在吸引我，使我俯首游罢全寺。不能说建筑仅仅是土木构造之事，它蕴藏着很深的哲理奥秘。

我初到天台，仅凭我过去游山的经验，以为直上可以登顶，其实不然。天台山之奇特，是有些像《桃花源记》所描述的，它比桃花源更奇，桃源之上更有桃源。从山脚下起行数里，万山丛中有个叫金地岭头，便出现了大平台，田畴一片，村居三五，此时稻已呈黄，处处"连枷"①，声清悦耳。下瞰千丈谷底，溪流远近，历历在目。这样的一台一台，直接于天的高峰华顶。自金地岭再上十五里为方广寺，有上中下三寺。著名的石梁大瀑布就在中方广寺旁。石梁者，乃两溪会合在寺侧大磐石上，经石梁下泻数十丈，遂成奇观。而我最爱的倒是在石梁下向远处遥望，那真是一幅溪山图，因为溪之源、溪之聚、溪之流、溪之散，与那渡石梁而出的水势，都一一在目了。至于远山天光，翠竹红叶，点染得妥帖轻快。我们上上下下地观赏，真有"安得帆随湘势转，为君九面写衡山"之叹。我们没有坐船看衡山的闲逸，靠着两腿跋涉，趣味觉得更浓。但再想上绝顶峰的顶峰，实在

---

① 即竹制打稻器，击打谷物使其脱粒。——编者注

有些倦容了，只好用"游罢石梁时近午，仰天负手看华峰"来搪塞一下，回寺去饱享午餐了。在归途中，出了山门，正看见宋塔塔院内大兴工程，在这里建餐馆、照相馆，开山炸石，真使我有些心惊肉跳，一种怨而难言的心情，握别天台的山色。想下次有机会再来的话，那位宋代的老爷爷，已是革履短裙，仿佛刚从异国归来，焕然一新。我有些默然了。

1983 年冬

方岩居中　游遍浙东

游罢浙江金华北山，双龙冰壶两洞中的水点浪花，在我薄装上犹未全干，有些像佛像上的湿褶纹，"丑"态毕露了。匆匆地驱车急上永康，永康距金华只一小时汽车，轻风徐拂，很快衣服恢复了原状，晚凉天气，觉得格外开朗爽气。在招待所下榻，窗前两株梧桐，将整个小院加上了一层绿幕，太可爱了。那晚与我的少年同学童友虞谈了一夜，他是当地的政协负责人，亦是这次邀我上永康去游方岩的促成者。

我去方岩，老实说是被郁达夫那几句："从前看中国画里的奇岩绝壁，皴法皱叠，苍劲雄伟到不可思议的地步，现在到了方岩，向各山略一举目，才知道南宗北派的画山点石，都还有未到之处。"经他这样轻轻一点，方岩的声价从那胡公庙的朝香，一变而为雅人文士向往的名山了。古人说："我有笔如刀。"郁先生的这把刀正下在当口上，令人折服。我从岩下曲折的陡壁下走了三五里，到得岩顶，腹饥口渴，人家送上瓶"汽酒"，我还当作汽水，一下子全入肚中，我是不会喝酒的，这样我有些酩酊了。饭罢，却又为郁语所诱，在半醉半醒，有惊有喜的神态中，扶得醉人漫游岩顶了。方岩都是或方或圆的绝壁，壁下的溪流与曲径，有宽有狭，最窄的名为"鼠径"，这些绝壁大都是一层一层的沙石，可望而不可登，石隙间古树盘曲，风篁丛生，其旁细泉又潜染了部分山石，再加上日照与阴影，变化更多了，其沉郁浓丽处，青紫色泽，方圆笔意，便画也画不出。郁先生不是画家，可是他对画道的修养，却比一生不离楮墨的画师们更有独特之见解。我没有他的启发由画意而产生的诗意，不会有这次那样的感情深厚，在游中丰富了我的歪诗。

因为岩层重叠，方岩北侧，山势远近环拱，绝壁千丈，虚其下而伸其上，遂成敞口洞府，五峰书院、学易斋等建筑即建于此，屋造在洞内，故皆无椽瓦，别开生面，其东南拔地耸起固厚、瀑布、桃花、覆釜、鸡鸣等五奇峰，而色泽各不相同。五峰书院之名似由此而得。宋代朱熹、吕东莱、陈龙川等学者皆在此讲过学。这里的境界实是深幽，唯闻飞瀑清声，唯见苍天一角，阶前瀑细如帘，薄雾润衣，眼前的山色、树态，渲染得如一幅未干的水彩画。有人说"溪山如画"，到此我只能说："假的哪有真的好。"山水有收敛处，必有开朗处，东望平畴远树出没于旷空有无之间。隐约村居，而袅袅炊烟，仿佛在催人归矣，我们便在向晚的山径里，缓步离开了，去程回首，不尽依依。

我曾经在方岩说过这样一句话："方岩居中，游遍浙东。"因为旅游者如果以方岩为中心，可以西去金华北山，东上天台山，南下缙云仙都，远及雁荡，北到东阳诸暨、直达绍兴等地。大家都认为还有几分道理。从这里更可以看出方岩过去游客之多，胡公庙香火之盛，在地理位置上不是没有其基础的。也许可以说得天独厚吧！

高秋万松游二陵

这也算是个难得的机会，居然在东北大城市的沈阳小隐上了几天，谁也不相信偌大的工业城市，还能容我清静一下子，这也未免太不现实，人家又要讲我了，你是在发文人的幽思、闲情吧！

小小的三四座住宅建筑，看年龄总该在与我相仿佛了，点缀在一座市园内，安排得错落有致，四周都是大树，尤其古松与高槐，将房子前后掩映得如绿色帷幕。我的房内正面朝东南，有两扇直窗。从窗中望去，只见无边的树木，将园子隔成多层的空间。清晨，阳光开始在远远的树脚下露点金光，渐渐地上升，林中蒙蒙的晓雾还未散，空灵中带有几分朦胧。偶然有一二只山雀，振起了双翼，"雀雀"两声，点破了这清晨的岑寂。篱边的早菊，经过一夜的露润，浅照在朝晖下，她的仪容体态，纯洁无华。如果以佛教思想来理解，可以使人入定，因为她的品格与周围的静境，不容许你产生任何遐思。

我到沈阳来原是再想去东、北两陵，彭祥松、刘诗恂两同志还希望我对近年来辽宁建设交换点意见，因此小住下来了，而这客里意外的清闲生活，实在是料想不到的。人在静的环境里，思想能变得更敏锐，一天游罢，疲躯暂休，便会产生另一种的境界。我记起在天台山中，僧房一角，却是山容水声、美景良辰重新出现的地方，如今思想中的再见往往比实物更概括，更简练，更富有变幻。这次在沈阳，白天是在外，晚间归来，有时未曾见的景物进入了美妙的梦境，实实虚虚，真真假假，交错构成诗也般的滋味，画也般的情趣。

这次重游，事实上比上次体会多了，"不惜卷帘通一顾，怕君着眼未分明"。真的，我此番着眼分明了，多少感到旅游不是一次了事，而是要多次盘桓才是，深深有望于从事旅游的工作者，不要使游者起无重临其地的失望念头。游兴未尽，下次再来，我便是抱这个态度。

东陵是清代未入关前，太祖努尔哈赤的墓，称福陵。建在浑河边的丘陵地上，因地营造，气势非凡，论环境已是大手笔了，陵门入内古松夹道，苍虬迎人，我们的视线为幽深而遥远的神道，一直引向陵区，万绿丛中，红墙黄瓦高镇在石阶之上，一种神秘崇高的敬意，使你自然而然产生出来。上次我来正值暴雨，景物如隔疏帘，这次正值秋阳明洁，气候高爽宜人，宛如唐宋人的金碧山水，浓丽得使人陶醉，有一股魅力能吸引住你。向前平坦的路完了，接着是斜向上行的"礓磜磜"，俯身而登，因为脚下砖（现改为石）是仄铺的，踏上去不平，有点站不稳，叫你不敢抬头仰视。走完了"礓磜磜"，是一个拱形环桥，人顺势而上，舒步而下，直与曲在人的生理与感触上起了变化，复登踏跺，越一百零八级，行尽略感喘息，薄汗沾衣矣。而松风骤至，顿觉身畅，下瞰浑河如带，上望殿阁，崇杰霄出，深觉旅游须步行才妙，宛若音乐之有节奏，轻盈飘忽，益信建筑美、文学美、画图美、音乐美……而今融会于眼前，离合难分。经碑亭入方城，便是陵区所在，城楼与角楼差错峥嵘于蓝天白云之下，北国建筑，那种高华的意境，与江南粉墙花影，确是两回事。在方城环行一周，又好比享受了一次音乐的旋律，羽化而登仙了，因为方城外全是弥天翠盖，而方城内黄瓦铺地，天然人工，相互争艳。本来陵墙外的三万多棵古松，早被砍尽，解放后北陵管理处补植了，三十多年来渐复旧观。这次北上是参加全国风景会议，我曾有两句打油诗："四面树木皆砍尽，一路天窗直到山。"意思是对大多数的风景处开山伐林的妄举有所讥讽，引起了大会的重视。而东陵却做得很出色，因此愉快地下得陵来，在陵门外的酒家小酌，觉得菜肴美极了，其所以引人入味者，一则是菜本身好，更有地方风味。二则是我们缓步以游，上陵下陵，登高陟陂，肚子有些饿了，再加上观得舒畅，游得满意，身心感到分外的愉快，于是这顿午餐就成为难以忘怀的珍席了。天下事就是如此，步游后所得的安慰，坐汽车、乘缆车匆匆往返，目无所睹，心无所感的"现代化"的游客们是不可理解的。

北陵在沈阳市区边缘，清太宗皇太极昭陵所在，平地起陵，同东陵一样，松林环之，规模几同，因地势有异，气势似稍逊东陵，唯多紧凑之感。它的好处，百年古松合抱成林，陵之势有赖于松之古，益信陵者，林也。其与市区之过渡，又安排了园林，使游者舒展入目。尽端陵殿出万绿丛中，势压全园，真佳构也。反视沈阳故宫前造了一座建筑设计院大楼，喧宾夺主，将整个故宫减色一半，我真不明白此败笔为何会出于建筑设计工作者之手。无怪当年陈毅同志发出尖锐的批评，这叫自讨苦吃，也可说知法犯法，演出了没文化的丑剧。它总有一天会退出历史舞台，还我初状的。

我今天在南归后写了这些琐语，有褒有贬，觉得园林也好、风景也好、建筑也好，旅游者允许写点批评，这是促使工作进展的动力，也就是旅游报刊应尽的责任。言者无罪，闻者足戒。

1983 年国庆

玉峰映翠水环城

垂髫读《陈圆圆传》："圆圆，陈姓，玉峰歌妓也。"始知玉峰即昆山，昆曲发源之地。后究园林之学，更知其地产白石，玉峰之名由是而生，莹晶披雪，其洁若玉，名石中别具一格者。近以亭林公园之规划，小留玉峰之麓，朝晖暮霭，渔舟蟹簖，曲水环城，小市秋色。此上海之最近风景点，确也算宜人了。

苏南诸城，其有山可借者，苏州、无锡皆在城外，常熟虞山入城一角，而昆山则山处城中，家家面山而居，数武步行，即可登山。山不高，而具丘壑，水不广，而多深意，此天然安排大假山，非人工所能望及。龚自珍虽生长于西湖，而晚年却筑室玉峰之下，以其有景也。

昆山不高，形如马鞍，故又名马鞍山，以山之前后略高，中较平坦，而蜿蜒多姿，故有峰有岭有谷有洞，四美已具。前山峰石峥嵘，皴法之妙，远胜黄鹤山樵之真笔，以其干中带润，俗称野猪林，足见险峻之概了。如能稍筑亭榭，静观以对，动态自出，真看山如视画。循磴道上山，路曲径危，俯视下界，林隙间平畴在目，而漫山松林，碎影随人，数转可达巅。原有塔，惜毁，故今缺引景之妙。山麓有渊，沿坡多梅，盛时横斜拂波，暗香袭人，其后风篁被岭，环抱如翠椅，山之幽处也。山麓并蒂莲移自正仪顾氏园，名著史文，天下之绝色，游者驻足。此皆昆山必观者。

水乡餐肴，本非雷同，一如景物，各抒己长，昆山似较苏锡清淡，如卤鸭之脆嫩，三味园（菜名）之鲜美，而所谓奥灶面（一种特制鱼面）则唯昆山有之。朝发春申，晨达山下，仅车行一小时。昆味尝罢，负手登山，亦不劳车马，晌午徒步入市，正腹饥加餐，餐罢小游市肆，略事休息，渐夕阳在山，从容登车。一日小游，亦居上海者所乐闻耶？

1984 年 11 月

"就势取景"在烹饪上的应用

我是从事古建筑、园林的研究者。南京的随园是我国园林史上的实例，具有很高的地位。袁枚经营此园，有其卓见，标出了一个"随"字，在他所写的《随园记》上说："随其高为置江楼，随其下为置溪亭，随其夹涧为之桥，随其湍流为之舟，随其地之隆中而欹侧也为缀峰岫，随其蓊郁而旷也为设宧窔，或扶而起之，或挤而止之，皆随其丰杀（即增减）繁瘠，就势取景，而莫之夭阏者，故仍名曰'随园'。"就势取景来布置园林，真是高明的造园理论。他造林之道与学问相通，今读其《随园食单》亦同此理。他是懂得怎样是美，而这个美又贯穿在他整个学问之中，从各方面加以阐述。《随园食单》虽属他的余事，亦正与他为诗主张"性灵"，造园主张"自然"一样，不以高华奢侈来炫目，存真而已。

这个《随园食单》有系统地总结了我国古代烹饪技术，提出了正反两面的经验，并且又用大量的篇幅记述了我国14世纪至18世纪中叶流行的三百二十六种菜肴饭点，味兼南北，应该是世界烹饪学上的重要典籍。

对于烹饪，袁枚不但强调原料的事先选择，更重视调味作料和粗加工的准备。他主张"调剂之法，相物而施"，要求荤素、清浓搭配得当。他指出，即使是好原料，也往往因为搭配和火候掌握不善，做不出好菜。全书所列三百多种肴馔面点，取料多为常见鱼肉菜蔬，海鲜不过九味，豆腐即举八珍。他不主张追求器皿贵重，但求根据菜品不同而"大小相宜，参错生色"。上菜要淡浓先后有序，用菜要节令适时。他反对做菜"矫揉造作""索隐行怪"，他说："燕窝何必捶团，海参何必熬酱？"他认为"暴殄反累饮食"，"强让有类强奸"。他对所谓"十六碟、八簋、四点心"，"八小吃、十大菜"以及"满汉全席"之称，讥为"目食""落套"。总之，袁枚在这本《食单》中，全面地体现了他崇尚自然、随势取景的美学思想、辩证观点，以及巧妙的烹饪手法。他懂得"学问之道，先知而后行"。对工作要先作充分的了解分析，美味的菜在于烹调，即使极普通的东西，只要烹调得法，也受人欢迎。许多经济实惠的材料，亦能点铁成金。足证才人之思息息相通，非囿于一隅的。在这本书中，真包含着很高深的学问，能引人遐思。希望读者不要仅仅当作一本技术工具书来看，为此上海市黄浦区第二饮食公司周三金等同志，花了很大的精力，详细地注释了出来，便于大家读懂，正如注释其他典籍一样，完成了一项很艰巨的工作，今后可以在这个基础上进一步理解与研究。并不是要大家贪口福，而是希望烹饪者学习合理使用原料，只要能懂得烹饪的艺术，不论何种材料，都能做得可口美味；这与烹饪者的文化修养很有关系。我读了《随园食单》（周三金注释）后，有着这样一些想法。我相信读者也会有同样的看法吧。

1982 年春

物华天宝　人杰地灵

我们每到一个城市或乡村，最先入眼的是"建筑美"，华堂厦屋，粉墙花影，雄伟京师，春色小城，都很明显地各具建筑特有的风貌，归程回首，依依难忘。我脑海中的各地特色，都是从建筑美中留下的深刻与不可磨灭的印象。人们往往因留在国外久了，产生了异国之感，回到祖国或家乡便有亲切之情，当然这其中有各种各样的因素，"众鸟欣有托，吾亦爱吾庐"。谁也不能否认这其中复杂微妙的因素。因此我说一个国家的建筑美，是组成爱家乡、爱民族、爱国家的极其突出而重要的部分。

我爱看小说、笔记、游记，而我最感兴趣与受益最多的，还是作者对各时代与各地的风光与建筑美的描写，如果这一方面描写得不到家，它就不能引人入胜；《红楼梦》如果缺少了大观园那一幕，这部名著便逊色了。唐宋古文万一《阿房宫赋》《滕王阁序》《洛阳名园记》阙如的话，那也多少是美中不足。历史上建筑美有的是保存着的实物，有的是通过文字或绘画将它流传了下来，我们今天还都以这些建筑的成就而自傲。所以说建筑是文化，它是物质文明和精神文明的象征。

我们历史上流传下来的建筑，有些到如今还巍然屹立着，外国人不远千里而来参观，人家钦佩我们祖先的智慧，表现了对中国的友好，而侨胞们真有点像见到自己的祖宗一样。国内人们当然更加依恋。我每每在古建筑之前看游客们各种各样的表情，其中重要的一点，没有一个不爱它，几乎都想在其前拍摄一张照来留念，这又与后辈们与长辈合摄一影一样，充满着亲昵与爱。建筑美使人纵情、移情，熏陶着对祖国的爱。

我们登上了长城，就油然产生了保卫祖国之心。游泰山之巅，俯视泰安城郭，闾阎扑地，汶水徂徕如画，这又是建筑美与自然美相结合，吾爱吾土，吾爱吾国。因此对于建筑的民族风格，乡土特色，是不可轻易忽视的，它随时随地起着爱国主义教育的作用。你如不信，当你乘着飞机出国，在飞机离开国土腾空时，就有一种说不出的感觉，到了下面国土上的建筑看不见时，则别有一番滋味，此时我往往是沉默了。而在我回国时飞机下降了，见到祖国的建筑时，心中的喜悦是难以形容的。如在北京隐隐见到黄瓦的故宫与天安门时，那整个心魂为其吸住，仿佛亲爱慈母伸出双手渴望你回家一样。旧时的城市必定有塔，这中国式的高层建筑，在悠久的历史时期中,它不但是城市的标记,而且又是乡情和爱的象征。而那种代表性的杰作,如武昌的黄鹤楼、岳阳的岳阳楼、聊城的光岳楼等,几成为地方的代表,楼名压倒了地名,其盛名与能量之大可见一斑了。

我们今天不论从哪一个角度来谈文物古建筑,历史也好,旅游也好,它在我们面前所起的作用,最显著的一点,就是祖国的伟大、可爱,我们祖宗的智慧无穷,身为炎黄子孙怎能不树立"振兴中华"的雄心?

1983 年 9 月

鲁中记行

相惊初见几经秋，尘世身闲苦未求。
已诺名园为补笔，痴儿日日盼青州。

钟情山水岂逃名，怕说清游寄性真。
垂老未忘林壑美，一肩行李鲁中程。

自从前年在山东淄博参加该市城市总体规划会议，久想去益都（青州）看看清初康熙间的冯氏偶园，居然夙愿以偿。但当我到达该园时，说是已经准备将假山拆除了，经我的呼吁，总算演了一场"劫法场"，抢救了下来，言明约我再去一次进行重修的准备，因为忙，拖延到最近才总算如愿北行，在车中写下了这两首小诗。

我是5月24日中午到达益都的，虽然一夜多的长途劳顿，但我的感情是真挚的、精神是兴奋的，抛弃了午倦，急急赶到偶园，仿佛老友重逢，等不到寒暄，便倾吐积愫了。作为一个园林的钟情者，忙着登山入洞，摩挲峰石，在断井颓垣中，找寻最大的乐处。这个名园位于旧益都城东南部，是清康熙间大学士冯溥的宅园。据清《益都县图志》卷三十七冯溥列传："辟园于居地之南，曰：'偶园'，辇石为山，佐以亭池林木之观，优游其中者十年。"冯溥七十四岁致仕回老家益都。园之筑当在其六十四岁乞休之年至诏许致仕之间，其时为康熙十一年（1672年）至康熙二十一年（1682年）间。他在北京筑有万柳堂，园规划出自名叠山家张然之手，极文酒之会，所以同卷上说："官京师得元人万柳园地，种柳其中名万柳堂，暇则集诸名士赋诗其中，著有《佳山堂集》，朱彝尊称其诗恢博浩大，似李北地而精严过之。"其后裔冯时基有《偶园记略》，言园事甚详。门额木制，今存，书"偶园"二字，上款为"易斋老年翁书"，下款"年弟吕宫"。镌"吕宫之印"，"龙虎榜中名第一"。记云："存诚堂，先文敏（毅）公居宅也。对厅之东，门北向，颜曰'一丘一壑'，入门东转，为'问山亭'，再东，即园门，西向，颜'偶园'二字，门内石屏四，镌明高唐王篆书，屏后，石阑依竹，径东行，达友石亭，亭前太湖石奇巧，为一方之冠，石南鱼沼，沼南竹柏森森，幽然而静，北山，为云镜阁，阁西而北，有幽室，曰'绿格'，阁北而东，楼台参差，别为院落，阁后，太湖石横卧，长可七八尺，为园之极北处。友石亭西，一小斋，西有池，蓄鱼，亭东南，石台陡起，有阁曰'松风'，下为暖室，乃冬日游憩处。循台而南，入'楷绿门'，大石桥跨方池，桥尽西转即佳山堂，堂南向，正对山之中峰，堂前花卉阴翳，阴晴四时，各有其趣。西十余武，幽室向北，有茅屋数椽，曰'一草堂'，亭前金川石十有三，游赏者目为'十三贤室'，南'近樵亭'饰以紫花石，下临池水，南对峭壁，引水作瀑布注于池，循山而东，流水上叠石为桥，度桥，入石洞，东行西折渐上，至山腰，为山之西麓，东陟登峰顶，为山之主峰，近树远山，一览在目，峰东北临水，有石窟，俯而入，幽暗不辨物，宛转而行，豁然清爽，则石室方丈，由石罅中透入日光也。出洞南转，仰视，有孔窥天，若悬壁。三面皆石磴，拾级而登，则中峰之东麓。东横石桥，下临绝涧，引水为泉，由洞中曲屈流出，会瀑布之水，依东山北入方池，涧北即山阿，为小亭，曰'卧云亭'，后石径崎岖，攀援而升，为山之东峰。北下，山半有斗室，曰'山茶山房'，房前缘石为径，北登松风阁阁后，下石阶十余级，为友石亭之左。"

当年规模视今日残存为大，假山、佳山堂、近樵亭、卧云亭、松风阁下之暖室，皆在，池沿山者已填。假山、佳山堂与暖阁不失旧规。

此园假山为今日鲁中园林最古之叠石，或云出张然之手，盖张为冯氏门客。其运石之妙在于模鲁山之特征，运当地之材，其突兀苍古之笔，视南中清逸秀润之态，有所异也，足征叠山在于运石，因材而致用，必不能囿于一方陈式也。张然之能在于能运不同之材，叠各具特征之山。观其北京为王熙所构怡园，益信余言矣（见拙著《园林谈丛》）。至于假山布局犹沿明代旧制，其砖室之筑与扬州石涛所叠片石山房相同，似为清初惯例。观今日所存古木位置，应先于筑园，若干处点石凿池，循树之位置而巧于安排者，石壁临池，用顽石，纹理井然，至山谷则用怪石（似湖石），而过渡婉转，脉络自存。若磴道之逶迤，高下自如。群山环抱，古木森严，坐佳山堂如在万壑中。他日池水复原，则水石之胜，必成妙境矣。中国园林总体皆正中求变，其空间分割亦然，而建筑物之纵横排列，正书法艺术之画平竖直无逾规者。

范公亭在西门外，宋贤范仲淹遗迹也，井复以亭。亭北高地曰范公台。南侧有澄清阁，敞透可留客。此处为一低洼地，树木参天，清泉涌出，而唐楸宋槐，大可合抱，千年古木，实不多见。闻鲁中多古木，今则罕见矣。

范公亭北越桥有顺河楼，其西为四松亭，亦皆可坐客。

人游云门山与驼山，总是分别述之，而我呢？认为两山必合观，方臻其妙，互为对景，合为整体，其所形成青青未了的齐鲁风光，这里可说是最能引起人们怀古情绪的。

我们从益都出城，如果雇一只毛驴，跨鞍缓行，垂杨夹道，远山凝翠，轻蹄扬鞭，嘚嘚于曲折的山径中，那种洒脱出尘的风度，自信亦是难得的境界。到了驼山的鬈边，小憩看山，那环抱无边无际的层层峰峦，看不见一处空隙，好如一个大的绿色翡翠盆，山是盆的边缘，平畴阡陌，村落人家，则都在盆底。我也算看过一些山景，但没有像这里那样，密不通风地环抱得紧紧的。而云门山却又是相依在驼山之侧，从下面望山顶，云门仿佛一个莹环，玲珑空透，可惜山面的建筑物全都毁坏了，不知哪一天，才能恢复它原来的仙山楼阁。同样驼山也秃其首，旧迹无存了。这些都亟待修建的。中国的名山，那些寺观、石刻都是增辉的点缀，尤其有着中国民族的风景特征。记得前一天我上云门山，曾赋小诗，因为新修了石阶，故有"瑶阶步步入林深，不觉身随山径增。何日废壤成妙境，仙山楼阁望云门"。游此二山者，总要从志书或导游上抄一段石窟的记录，算自己是博雅的君子，恕我无才，我未能多着一笔。

益都旧为青州府治所在，明代有藩邸，清代有满城，重镇于此。因此青州城墙以青砖筑，特别坚固完整，可惜今日只存此门外万年桥旁的短短的一段，兴我凭吊。万年桥是明建经清重修者。七拱大石桥，长八十六米。石刻甚工整。据《渑水燕谈录》记载："青州城西南皆山，中贯阳水，限为二城。先是跨水植柱为桥。每至六七月间，山水暴涨，水与柱斗，率常坏桥，州以为患。明道（1032—1033年）中夏英公守青，思有以捍之，会得牢城废卒有智思，垒巨石固其岸，取大木数十相贯，架为飞桥，无柱。至今五十余年，桥不坏。"此桥王曾撰记，米芾书碑，惜已不存。而木拱桥记载可珍也。

北门外为市肆所集中地，多回民，清真寺建于清雍正年间，规模宏大，其砖刻大门极修整，礼拜殿周围廊，后附望月楼。两庑连续，周成院落，古松荫之。静穆多宗教气氛。

满城之著者，如杭州之旗营，镇江之满城，益都之北城。前二者已不可寻，而益都者所用三合土之城垣今虽不存，而规划犹存，尚未大肆兴建。余曾访于废城中，今尚存两户建筑，为旧构，其形制一如北京西山旗营今存者，平屋成行，外围以垣，辟小门。另一户为北京四合院式，有垂花门，论位置应为大户所居，乃军官住宅也。

满族辛亥革命后，易汉姓，非无根据而乱冠，《益都北城满族人民发展史》一文，言其当地满人易姓一节，与余幼时闻之父老及征诸事实者相同。故考其姓氏，主要有瓜尔佳氏（关、常等为所冠汉字。下同），那木都鲁氏、纳喇氏（那、郭、南、叶等），阿礼哈氏、辉初氏、必喇氏（何），他塔喇氏、汤务氏（唐），赫舍哩氏（赫、高、康、张、郝），完颜氏（王、汪、颜），钮祜禄氏（郎、钮），富察氏（李、傅、富），颜扎氏、扎库塔氏（张），索佳氏（曹），伊喇氏、留佳氏（刘），倭赫氏、阿颜赫氏、倭勒氏（石），阿哈觉罗氏、舒舒觉罗氏、阿颜觉罗氏、鄂卓氏、兆佳氏（赵），舒禄氏（徐），舒穆哩氏（莫），佟佳氏（佟），拜音氏、巴雅拉氏（白），罕扎氏（韩），洪佳氏（洪），黄佳氏、乌雅氏（黄），湖尔佳氏（胡），锡克特哩氏（西），喜塔喇氏（齐），徐吉氏、舒穆禄氏（徐），费佳氏（费），马佳氏（马），奇德里氏（祁），费奠氏（麻），甘佳氏（甘），伊拉里氏（伊、倪）。另外还有容、奎、寇、陆等姓氏，安、傅两姓有部分蒙古族人。据一些满族老人讲，北城满城中无皇家宗室，故无姓爱新觉罗氏的。爱新觉罗有易为金。

明封衡王于青州，建衡王府于城中，今存石坊二，宽十一米五，四柱三门，其石刻工整为明中叶代表作。题字为"乐善遗风""众贤永誉""孝友宽仁""大雅不群"，颜字榜书，为明人通例。立坊下望云门山驼山正对其前，招纳府内，其形势殊盛。而青州气概亦于此得之。

城之西南部有松林书院，自宋迄今，屡经兴废，建筑规模尚存，松林郁郁，现此建筑群保存完好，与学校老师谈文物保存，殊相得。

留益都之日，其间曾去潍坊市——郑板桥做县令的潍县，在此市中。记得前年到此，曾写过这样一首诗："一路青青上柳条，春游谁计客程遥。潍城写得三竿竹，我比重来郑板桥。"是题在为当地宾馆画的一张竹上。事已隔两年，朋友们见面时还谈起此事。尤其我进入十笏园时，那位博物馆的薛慰慰小同志，她还认识我，一见面就出来招待，又被馆中同仁拉着做了半天郑板桥。十笏园是我旧游之地，这次来专门为摄园景的，留恋竟夕，待夕阳西下，依依而别。管理者问我此园如何评价，我用我当年所咏此处的那两句诗"亭台虽小情无限，别有缠绵水石间"来作答。如果能解此情景消息，不难写得好说明书了，大家含笑而别，深巷归程，何日再赋重来。

29日淄博市车来迎，午前抵宾馆，小休。午后去辛店，观辛店公园之兴建，与造园人谈甚久。本拟顺便一观临淄城殉马坑，日薄西山，车者屡作催矣。即返张店，已万家灯火。次日晨发车去大河水库。先经齐故城观殉马坑，复登桓公台，曩岁我所题碑记，已刻就。急复登车，所历皆山区，林几伐尽，易以大寨田，干旱燥热，生态破坏殊甚，令人愤怒，何地方主政者之无知若此也。大筑水库，破坏森林，则水从何来，且不知森林即水库耶。余无说焉。午餐于水库办公室，商革命殉难同志纪念碑事。山已残，林无存，而岩石外露，层次分明，叠山之粉本也。今人不观真山，不寻原迹，闭门造车，盲目叠石，遂成下品，盖未明师造化之真谛也。晚宿博山，题赵执信纪念馆额。

博山风景本极美，群山夹溪，邑枕溪边，清流潺潺，信世外之桃源也，奈近百年来制陶业盛，遂至"终日飞尘土"，以地下水过度抽用，泉亦见底矣，往日风情，唯余梦留，但寻诗篇而已。旧时别墅往往依山临水而筑，高下相间，随势安排，小院回廊，棠云梨雨，恬适怡人，可惜如今在黑烟灰霭中，引起我很多的思绪。工业、风景、钱财、人才、物质、生命、烦嚣、安静等一系列相对的问题，令我思想上很是疲惫。小吃于味美园，饺子特佳，余题"风味博山推第一"赠之，不意次日重临，益胜于前矣。此店于是名震博山矣。

"泉石仙境"是我为博山郊区泉水源头所题之名。这个刚刚为水利部门利用作小发电站，开始在破坏的一个风景点，居然由于我们去，因而抢救了出来。由于一些人对风景资源认识不够，往往焚琴煮鹤，做了一些好心肠办坏事的表现。如今已悬崖勒马，可以"还我自然"了。这个地方我两年前到过，为清泉中的绿荇、浮萍、鳞鱼等所迷住了。我真想在这清流的柔波里，甘愿做一条水草。泉尽一片浅滩，水深处汇为湖，湖映千仞苍岩，而细瀑又出没于岩中；涓涓缓泄湖中，淙淙有声。山间有白衣阁，正如青绿山水图中出现的楼台，它点破大青绿的单纯色调，益显出华丽的北国山水特征。对岸村落人家，鸡犬相闻。"山重水复疑无路，柳暗花明又一村。"不意在这个烟市的边缘还有这个乐土，太令人高兴了。我庆幸这位鲁男子愿意退出他刚刚拥抱着的村姑，使她重复了她的自由、美丽，我私幸不虚此行。

张店公园属规划一小园，初具设想，余为题"齐园"额。

一日下午南归，暮色中过党家庄，犹记来时晓雾中望开山，虽然开山已采石渐平了，但是在感情上还是会起能动的："青山处处迷残梦，夏木阴阴笼晓晴。车过开山一回首，风前洒泪奠诗魂。"我对五十多年前坠机在党家庄开山的诗人徐志摩，就口吟了这首诗，诗为心声，就是莫名其妙地会流露出来，我在经过开山时不知几次了。

次日醒来，车已到江南，窗外又是梅子黄时雨了。

1983 年夏初

山居谈往

"高柳晚蝉，说西风消息。"宋代姜白石有此名句。窗外鸣蝉彻耳，室内闷热蒸人，这词意在我的幻境中充满了矛盾，鸣蝉啊！你轻轻地唱；西风啊！你分一点小惠，给我片刻的凉爽。

人总是不会满足现状的，当你感到不舒适之时，痛苦的回忆，往往是最好的安慰。这恼人的蝉声，它引起了1971年在皖南"五七干校"的一切，拂晓插秧，溪水清寒；午后下田，水暖如汤。但偶然在柳荫下休息一会，喝上一杯山茶，听几声蝉鸣，是一天中忙里偷闲的好辰光。那时我也低诵过这词，可是又在想，士大夫感情又冒尖了，一下子自动化地在开始思想斗争。人就是这样地在"改造""磨练"。我自从满山烂漫梨花的初春入山，到次年余寒料峭的三月离开，整整的一年。那时我的胃病很严重，几乎无法启程返沪，可是我的思想与精神并没有颓唐与消极，临行前还写下了两首诗，此刻也居然在一本古建筑书中找到。"群峰环揖水边村，满树梨花照眼明。缺处茂林天一角，黄山遥接练江清。""春茗秋实总相思，他日重来忆此时。一种情怀忘不得，归程回首步迟迟。"下面写的是："七二年二月四日红卫农场同济干校次日返沪。"人总是有感情的，我还希望有一天重临其地，再看看山川地貌，与我亲植的梨树茶丛。

歙县城外的问政山，那里多数是花农，四五月间茉莉珠兰正开，香盈村居，我们便住在山脚下，前面是大片的梨林，林下植茶。当我第一天到达的时候，我是被清香与素云所迷住了，我写信给我的邻居祝永年教授，谈起了这事，因他与我一样有爱花的兴趣。谁知我露了天机，第二天再加上讲解了明代牌坊，却受到了批判。从此在花下，我产生了一种无可奈何的心情，不久花事渐渐阑珊了，残英也化作春泥。我们便开始了艰苦的耕种，接着施肥，采茶，炒茶了。梨林前面是练江，练江的背面是黄山，我朝夕礼拜，晦明风雨，呈现了幅幅不同的图画，有时勾勒出明显的层峦，看得见始信峰、莲花峰。有时淡得看不到影子，知道天时将雨了。练江如个镜子，每天照着我这个带有诗思残余的劳动者，看山看水，黯淡又复杂的思想，随着练江的波浪，遥寄我东去的相思。尤其夜间守山，徘徊在林下，昏黄的月色，照着我千里外的家人，也照着我这个孤单的瘦影。沉思、幻想、低吟，这天地间仿佛只有我一个人，山岭水涯，林下田间，荒冢孤坟，鬼火虫声，宇宙间的奇妙神秘，都来到眼前。这一夜的"清游"，使我觉悟到，自己驯服地被社会支配着，"天地者万物之逆旅，光阴者百代之过客"而已。凄清的晓风吹醒了我一夜的疲躯，迎来了旭日，我便进入睡乡，也许可以见到妻子与孩子以及与我一样沦落的朋友。不知哪里传来的俞平伯先生东坡海外之谣，累我凄哽多日，后来我将那时作的"悼诗"给他看时，他寄来了极隐痛的回信，因为那时"四人帮"还没有打倒。

到县城有三公里路，这美丽的山城，原为徽州府台，滨练江，有大桥与塔，作为突出的标志。城墙我们去时还在，有几座门还有瓮城，几个月中我含泪见到陆续拆除。府衙门、石牌坊，那些大大小小的古代民居，星期天总要去看看，仍是未能忘情。同时结合了自己乡居的体会，居然也可纠正前人立论不确之处。皖南的住宅，因为山区早晚冷，午热，而拂晓尤甚，所以房屋外墙高，窗小。宅内天井横向狭长，实因山区平地少，夏季炎热，但求通风泄水，减少日照，厅堂皆敞口。住房则槅扇地板，冬季求保温，雨季可防潮。所谓仅从防盗出发而有此布局者，似欠不足。这些房屋天天在被破坏，我又没有发言权，面对此景，比自己的亲人在任人蹂躏时，还要我拍手叫好更要难过,内心是何等痛苦。我也抱怨自己,为什么要钻在古代文化堆中,自讨苦吃呢?县城的对景是山,山上有座太白亭,下瞰大江,古树合抱,因为急急忙忙要建工厂,开山砍树,残山与乱石代替了葱郁的风景。幸得李太白不在,如果他能复生的话,必有如白居易那样的《新乐府》来放吟了。练江下游里许,有个小镇叫鱼梁,镇前有个古代的水闸,巨流飞越闸身,翻腾有声,浅滩边的石矶,点缀得如元人水石小品一样,淡逸极了。我们偷偷地在此看水,上镇上吃点心。这地方本来也不会来,实在是城内吃东西,回去军宣队、工宣队要训斥的,而他们呢?晚间办公楼灯火辉煌,从我们伙食中选出来的佳肴,痛快地俱乐,却是理所当然。羡慕他们那种天赋固定,而且终生不变的"优良品德",亦就是他们足以自傲,用以来"教育"我们的天生法宝。"卅载备尝身世味,再生休到帝王家。"我们虽非皇子龙孙,也同样会有这种自怨、自恨的痛苦心理,无处不是在"触及灵魂"。

在山间的岁月,对我来讲确要比穿着长衫的田园诗人感受要亲切得多,农民辛苦平凡地劳动,他们有"此身从不梦长安"的美德。因此对自己的几分知识,常常开始怀疑,有时亦在想,人最怕躺在功劳簿上,不论哪种功劳，包括我们学术成就，越是自我欣赏，越是停滞不前，越是脱离人民。我曾说过，脑子是流汁的，停顿了便要僵化，趋向死亡，活到老，做到老，学到老，功德碑不是自己看的，是留给后世子孙评价的。

闲处看山，星期天总要循着小路入城，一路看建城的选址、筑城的设施、水利排洪的处理、攻守的位置等等。这里有两个城，沿江是旧城，倚山是新城。新城等于外城，其主要通道，两山对峙，仅容一马，固若金汤。歙县原为兵家必争之地，以地处浙赣皖交界处，城制据此而筑也。虽然我们是"改造"来的，但祖国的江山、风土，还是不断地增加我们历史、文化知识。甚至残碑碎碣、断井颓垣，也都任我摩挲与周旋。我有时在斜阳西下时，独自品景，那种山容、水貌、树姿、石态，使我领会到梅瞿山、石涛等的皴法来源与构图蓝本。我相信比今天公费旅行，匆匆而来、匆匆而去的写生画家要深刻得多。中国画在于悟，而不在于依样画葫芦，世界上有许多学问是无意得来，要有较长时间的思索与分析，而急于求成的"批发买卖"，亦只能蒙骗一时而已。布衣画家，不少超越宫廷画家；会典官书上的作家，不也是亮晶晶的纱帽。烟霞可消去袍上的"京尘"，山居人能洗去许多俗念。

[清]石涛《寻仙册页》之八

　　人对过去总是留恋的，对将来必然憧憬，留恋与憧憬都是美好的。十年前的皖南山居，在我的脑海中是值得留恋的，也就是它有美的存在。淳朴的民情、信美的风景、丰富的文物，这些是祖国的伟大，是值得我们珍惜与热爱的。

1983年江南大伏写

园以景胜

秋深庭院，居停在扬州的客邸中，我没有清福，来此也是为了参加历史文化名城会议。当然在这淮左名都里，大家在参观中不免要议论，地方风格、园林特征，这都与保护名城有关的。"园以景胜，景因园异。"这句话是我过去在品园中所说的，扬州园林确当得起"景因园异"，虽然"江南园林甲天下"，但"二分明月在扬州"，有它的特色。

扬州除瘦西湖平山堂为主要风景区外，还在城内分布了若干园林（详见拙著《扬州园林》），这些园林在艺术上，人们都知道是南北园林的介体，在风格与手法上，都能见到，尤其二层的楼廊是最令人注意了。但这是扬州园林的共性，而各园则各具其个性，以寄啸山庄（何园）来说，建筑极大多是二层，用以周园，山池则处中央，布局清晰，园景则高畅华丽，与人斗富。园虽筑于清光绪间，为时较晚，然亦匠心独运。个园建于清嘉庆年间，其石则所谓"四季假山"，构园者以不同之山石，掇各殊之假山，其法春以石笋、夏以湖石、秋以黄石、冬以宣石，

[清]袁耀《扬州四景图·万松叠翠》

[清]袁耀《扬州四景图·平流涌瀑》

［清］袁耀《扬州四景图·平岗艳雪》

［清］袁耀《扬州四景图·春台明月》

色有灰、黄、白等之别。论理以不同之山石筑一处之园，似悖物理，应属园之下品，然其能因之而分峰用石，山与山之间以建筑为过渡，使游者不觉其不调和，反因石之质感不同而生相异之美感。正如扬州名点"三丁包"能以余料而成佳点。扬州因为不产石，石全仗盐船回运，其量有限，遂出此下策。而事物无不在转化中，使用得法可点铁成金，个园之山在乎能得此消息，今西部仅竹林，盛时应以楼廊环之以达于夏山之巅，他日复园似可补成。小盘谷以山石水池胜，而建筑则水阁临流，前后参错，空灵多变，幽深无穷，而山石以花墙小院与轩堂连，浑然一体，妙笔也。园无楼，不髹色，极雅清淡逸之感。余园中为厅事，其四周则分别环以独立之小庭院，有轩有廊、叠山点水、栽花种竹，面面有情、处处各异，不落造园常套，以整化零也。前人云"扬州以园林胜"，而建筑则曲有奥思，非为过誉，我粗解园事，兴尽归来，举此四例聊作短篇，游者当不以浅论为非也，则于愿足矣。

1983年1月

怡园与耦园

苏州诸园，怡园允推为后起之杰出者，论时代应属较晚，论成就，能承前而综合出之。但有佳处，亦有不周处，然仍不愧为吴中名园之一。

园本明代吴宽复园故址，清同光年间顾文彬重建，顾宦游浙江，其子顾承实经营之，得画家王云、范印泉、顾沄、程庭鹭诸人之助，在建造时每构一亭，每堆一石，顾承必构图商于乃父，故筑园颇为认真。

怡园为顾氏宅园，隔巷为住宅，后为家祠，其三者合一，规模开狮子林贝氏之先。

园门今改建，原有门厅等不存。额为怡园，取"兄弟怡怡"之意。入内为东区，有坡仙琴馆、岁寒草庐，各自成区，而峰石亭亭，皆属上品，旧时青枫若盖，益增苍润。沿墙有石笋成林，幽篁成丛，真伪相间，古趣盎然，此一园最幽静处。至于一抹夕晖，反照于复廊之上，花影重重，粉壁自画，则他园莫及之。

越复廊为西部，有池，藕香榭濒水，环顾皆山石，涧壑蜿蜒，而白皮松斜倚波上，点破一池涟漪。越洞至画舫斋，乃旱船，居园西北隅，仿佛待发。其西隔墙为湛露堂，可赏牡丹，花时极绚烂；院落则幽深，景因情而感益深。至若玉虹亭、螺髻亭皆能安排妥帖，各点其景。曲廊转角之小景配置，能留人驻足，得空灵之妙。园之花木，有梅林、松林、竹林，以群植出之，能各显其长。

怡园之构思，欲集吴中诸园之长，而荟于一园之中，苦费经营，故复廊仿沧浪亭，旱船仿拙政园，假山摹环秀山庄，而小院、石林学留园等，皆有迹可循者。清同光间吴门画风崇尚模拟，造园亦多受影响，怡园之筑，可以证之矣。

"以楼环园，以水环楼。"以水环楼，此我品耦园之论。此园其能引人入胜者，且尽泉石一端而已。相地得宜，因地成景，耦园可谓得环境之优。

园为清初陆锦所筑，即今之西部。同光年间沈秉成重构之，增东部之园，故名为"耦"。沈解园事，修葺得宜，住宅与园林之参错组合，一反常规，吴中当推此园。

西园以书斋织帘老屋为主，前后列山石，以藏书楼压其背，小轩隐其前。迤西为厅事，经廊院，达东园，黄石山依池，水狭长，尽端有水阁名山水间；山间僻径，名"邃谷"，与水流相间，皆以幽深取胜。山之石壁冠吴中，朴厚之境，宛如太古，山麓衬以古柏，益多苍郁。

北殿城曲草堂，示主人退隐之思。东南为双照楼，与"耦"同义。楼以复道廊相连，南接听橹楼，楼名点景。

耦园之外为城河，风帆出没，橹声欸乃，故景、声、影，皆能一一招纳园内，赖楼以出之，而关键在一"环"字。造园固难，品园不易，游园更忌草草，有形之景，兴无限之情，庶几不负名园也。

美的秩序

我生活在同济大学新村中，入秋清晨蕉影当窗，黄昏小雨新凉，加上那几朵牵牛花，颜色是分外娇艳，简单地点缀，多少还够得一个美的环境。然而向晚"能饮一杯无"的唐人诗境，却变成了蚊子肆虐的天下。如今时已三更，本来可梦游华胥，却只得挑灯夜写，我痛恨这些蚊虫，真是破坏美的秩序的罪魁祸首，但因此而引申出一篇小文，坏事又变成了好事。

"秩序"二字大家都知道。美也需要秩序，没有秩序就是混乱。没有节奏的音乐、艺术品、建筑以及园林等，人们是无法欣赏它的。而生活呢，更应该有美的秩序。

在校园中碰到一个嘉兴人，聊天中谈到了革命圣地南湖，我说这次乘火车经过，湖边的那座石环洞大桥被拆掉了，改建为平桥，上面跑大卡车，顿失当年革命旧址的原貌。我过去从圆拱中望见烟雨楼的美丽构图，再也不会重见了。两人唏嘘不已，因为公路桥既毁损了革命旧址的环境，又破坏了风景区美的秩序。

社会秩序可以用法律来维持，美的秩序则全靠文化的提高、美学教育的普及,这比人民警察的工作更难做了。平时总想安静一些,然而左邻电视机的声音,右舍四喇叭的呐喊,家中孩子们又在内部分头进军,虽然在"银烛秋光冷画屏,轻罗小扇扑流萤"的仲秋时分,我连在桐荫下喝一杯清茶之福也难消受。我埋怨他们破坏我美的秩序。他们骂我顽固我不服,说你们认为这样做是"现代化",但现代化也要秩序,你为什么不套上耳机,一定要以"丝竹之乱耳"来强加于人呢,我有些不理解。

一个人每当静思写文,或是舒纸作画,电铃一响,搁笔开门,来了一位素不相识的客人,或者专程来访的人,即只好"无可奈何花落去",心中的一刹那的灵感,又远飞云霄了。马叙伦先生说得好:"方得谈友而忽来生客,必叙寒暄,神意全非。"这种没趣事,打破了我美的秩序。近年来这种事几乎每天都有,真迫使我渴望有那么一天,在斗室中,任我周旋,容我遐思,享受一点静的情趣。佛家所说"静、定、慧",儒家所谓"定而后能静,静而后能安",都包含着很高深的哲理。

暑期上庐山工作了一段时间,住在山顶上,没有充分享受到"横看成岭侧成峰"的美景,因为古时游庐山都住在山麓,所以东坡先生有这诗句,不过我却看到了东坡先生早年也许看不到的破坏煞风景。有的青年男女爱跳入盆景中拍照（盆上刻的是"江山如此多娇"），既不美，又不道德，可是照相店乐此不疲，营业鼎盛。不少外宾很有兴趣地将照相者与被照相者一起摄入镜头，带回国去，亦算是庐山一景了。对此，我想起了屈原写的"纷吾既有此内美兮"，他提出了内美。最近党的十二大再次着重地提出了要建设社会主义精神文明，我的理解，其中很重要的一项，就是要大家注意内美。曾记得齐白石画过一只雄鸡，题的是"羽毛自丰满，被人唤作鸡"。没有内美，即使你像雄鸡那样的外表，鸡还是鸡。人之所以异于禽兽者，就是要有高尚的道德——内美。

提倡有意义的文化生活

我的两个学生杭青石、郑伯萍将在人民公园举行国画展览。按照惯例，开画展请头面人物来写个捧场八股，已是近年来最奉行的华章了。不过，我觉得画的好坏不在于做广告，也不能脱离实际予以溢美，"萝卜青菜，各人各爱"，还是让观众们自己去品评！

我不是画家，杭郑两君同样也够不上画家，他们只是借绘画作为工作八小时外的寻乐而已。这两位青年朋友，杭君是搞设计工作的，郑君是位数学教师，因为爱画若命，节衣缩食，购纸买墨，用来模山范水，勾花点叶，描绘祖国的风光。当搁笔自赏的时候，作为生活中最大的安慰，精神上高尚的寄托。

"积学似聚宝"，"业精于勤"，他们在多年辛勤劳动的累积中，居然可以开个展览会，让大家共同来欣赏欣赏，他们自己亦可通过展览会得到观众的指正与鼓励。我写此短文来作介绍，目的是要青年们明白，如果能合理安排自己的业余时间，把它用在有益的事情上，是必然有所成就的。

1982 年 11 月

旅游的艺术

暑假开始了,多少青年们都想往外跑,到黄山、庐山、青岛、普陀山、莫干山……去畅度他们的假日,开阔他们的心胸,这种良辰美景,我们过去在旧社会做学生时,是做梦也想不到的。

说起旅游,也大有游的艺术在。出游前,必然要做些准备工作,少不了先翻一下地图,弄清风土人情,明白那些历史的由来,名胜的特征,甚至于传说等等,并且趁此做一些力所能及的学问。我记得我弄清明故宫的历史与遗址,就是在一个暑假,我的亲戚叫我上南京小住几天中做到的,四十年来记忆犹新。旅游如果带上一点近似这种意图,多少比吃喝玩乐好得多呢!

游是要有所准备的,准备什么呢?就是平时的文化修养,它包括历史、地理、文学、戏剧、美学、音乐、生活、文物……你知识面越广,你的游兴越足,越看越有味。明代徐霞客旅游一生,终于成为世界上有名的学者。那些文学家、科学家,又有多少名作是在游途中所产生的。如果你出游归来一无所知,仅买了一些土产,等于盲人骑瞎马,"拉练"一通而已。

名山大川其所以著于世者,是因为它们各具风貌,相互争雄,除山水外又都有独特的历史与文物。上泰山不登十八盘,未看经石峪的石刻,只是坐一次电缆车,上下来回,在南天门报个到,我想太简单化了一点吧!如果为坐电缆车,何必一定到泰山。其他如去黄山,要排队到温泉游泳池泡一下。到镇江不知南郊山水是宋代米家山水的蓝本,却又非要去金山寺吃上一顿素斋不可。温泉不止黄山一处,素斋亦非只此一家。但黄山的云烟,镇江的泉石,这是各有独到之处,为什么古代的画家石涛与米芾他们能独具慧眼呢?

风物有南北之殊,辰光有朝夕之分,四时之景无不各显其妙。我记得有一年梅雨时分,车过江西去长沙的道中,细雨霏微,白鹭翩跹。在这浅画成图的境界中,很自然地念出了"漠漠水田飞白鹭"的唐人名句,感受是那么的亲切,比老师在课堂讲上百遍的效果还要好。在这时我看看旁边的几个青年,他们聚精会神在打"桥牌",我有些茫然了,但更为出奇的,许多风景区的亭榭中,也都挤满了这许多的爱好者,我颇敬佩他们不远千里,来享此"清福"。奇峰异石,小桥流水,垂柳夹道,杜若连汀,雄峻与清逸,皆能移情兴游,使人从城市烦嚣的生活里消受几许清闲,园林与风景其所起作用在此,如果说山林城市化,又何必做此劳民伤财的蠢事呢?

游者,也是批评者,祖国的锦绣江山,名园芳苑,容我们盘桓、周旋、信步、小坐,游者既要欣赏,又须议论,合理化的建议能促使风景更为生色,当然首先文化的修养又是必备的。各种文学艺术的提高,要看有没有高度的评论,对世界上真正美的东西,我相信大家看法必定一致的。

游也不易,让我们在旅游中真正懂得欣赏祖国的秀丽风景!

1982 年 7 月

值得提倡的文化旅游线

我国近年来对旅游事业，在各方面都做出了努力，同时亦呈现了可喜的成绩，尤其在风景、古迹、文物等诸方面，次第经过了整理，每年接待了从四面八方东西各国来的友人，促进了各国间的友好，同时广大的国内人民，亦赞赏了祖国河山淘美、文化瑰丽。但是对这项事业，我还感到不够全面，还没有发挥潜力，问题看得不深，文化性研究得还少一些。

我应浙江嘉兴专区之邀，到那里做了数天客，临别赠言，总得说上几句。我提出，文化旅游线这样一个好题目为什么不去做呢？引起了当地的注意。我如今对那里的自然风光，名胜古迹，姑且不谈，单就名人故居作为一个旅游项目，也够引人遐思了。我们知道浙西是文化荟萃之地，历史上出了许多名人学者，流风所被，降及今天，也是人杰地灵之处。在国外瞻仰名人故乡与故居，是最能予人以景仰与写作的好对象，往往流连忘返。那些名人故居，修理得非常完整，环境亦维持了原来面目，每一个游人，到此油然产生了种种思绪，因而写出了很多有名的诗文。再从我们前人的集子中，所载的诗文作品，亦多低回成诵的。嘉兴这地区，历史上培养了很多的学者文人，以及其他有代表性的人物。因此就今日遗留下来的名人故居、名人之墓，还是在全国范围中，很是突出的。试从杭州出发，到桐乡的新市茅盾故居、石门湾丰子恺故居，往东海宁盐官的王国维（学者）故居，硖石的徐志摩（诗人）故居与墓，蒋百里（军事学者）故居，蒋氏衍芬草堂藏书楼，嘉兴王店朱彝尊（学者、诗人）的曝书亭园林，市内沈曾植（学者）的故居及近市的墓地，沈钧儒（近代名人）故居，还有钱正英同志的老家，等等。可惜海盐张元济（学者）的故居被无知的中学校长拆去了。我一下子先提出了这许多人的遗迹。

保护与开放名人故居墓地，一方面使参观者得到对前人的敬仰、对他学问的了解，并懂得很多文化方面的知识。再从我们搞建筑的来说，它既留下了各种不同时代与地区的居住建筑与园林，留下了实物，并且与人的生活联系起来，是最好的教材与建筑史资料。就我提出的上述几个点：茅盾的故居，小小的一座江南村镇建筑；徐志摩的则为二十年代半新式洋房；蒋百里的是小庭园式的住宅；沈钧儒的还是清乾嘉时古建筑；沈曾植的是清末的新式楼居。总之形形色色，丰富多彩。在这些故居中,今后当然还要陈列主人的作品、事迹,是一座座最真实亲切的小博物馆。这样我们的旅游是搞出了新的名堂,打出了一条文化道路。我想国外既有先例,历史又有事例可征,想来不是废话吧!

俞振飞谈文化修养

我的那篇《园林美与昆曲美》(见《书带集》)发表后,正值俞振飞先生的那本宏著《振飞曲谱》出版。这是俞先生六十年来的精心结晶。但是俞先生还有许多他从事昆曲事业的心得,在朋友间的往还中谈论了出来,也是十分宝贵的资料。俞振飞同志给我的信,写得太有意思了,可以作为俞老的戏剧理论看,并且还记录了戏剧的掌故。如今节录一些他的文字来与读者同欣赏一下:"……尊著《园林美与昆曲美》,已拜读两遍,殊感钦佩。我从幼年就爱好三件事:(一)欣赏古代名家的书画。(二)喜欢游山玩水,每年总要随先父(俞粟庐)去一次光福看梅花。同时,杭州也是一定要去的。尤其在孤山放鹤亭空谷传声处,一部分曲友在西湖游艇上唱昆曲,我和先父在放鹤亭上听唱,确实是从心灵中感到美。(三)喜欢看戏(不论任何戏都爱看。过去浙江南浔有一班傀儡戏,完全唱昆曲的,我也爱看)。有人问我:为什么现在青年演员没有'书卷气'?我虽然回答:'是修养、气质、风度的问题。'现在读了您的大作,使我提高了认识,假如有人再问,我就把您的文章给他们好好读读……"写得那么痛快、谦虚、诚挚,八十多岁的老前辈,既回忆了过去,又对下一代寄托了无限的希望,虽短短一信却写得情文备至,真是有着高度文化修养的老艺术家的妙笔啊!

昆曲带引我学园林
——写在俞振飞访港演出之前

我与俞振飞先生认识,算来时间不算短了,因为他年时大于我,我总以道长相称。俞氏之学,促成了我对昆曲的爱好,因昆曲又进而影响对园林的研究,这话说来太长了。记得童年听俞粟庐老先生的唱片《辞朝》,这是第一次尝到"昆曲味",把我小小的灵魂引入到这诗也般的境界中去。从此我进入园林感触便不同了。后来继续听到振飞先生早年的唱片,那都是他二十多岁时灌的,雏莺声清,粟庐老人誉儿美谈并不是无因的。但我仍在盼望着有一天能见其风采,后来居然到上海来念书,首次观到了他与程砚秋先生合演的《奇双会》。这仙境般的享受,使我垂老难忘。以后每有俞先生的演出,总节约了伙食金与零用金,买一张后排座位的票去倾听一下。俞先生演《牡丹亭》的《游园惊梦》,我从曲情、表情、意境、神韵,体会到造园艺术与昆曲艺术之息息相通处,园林与昆曲如果停留在形式上,而不从精神上去研究,那是得不到中国艺术的超越性的。我虽然仅仅是一个昆曲的爱好者，然而我却在昆曲的本身与俞先生的艺术上，得到了在我专业知识上的帮助，那昆曲便是教材，俞先生真是老师。俞先生是学者，他是一位深明中国文化的人，后来他要我去为昆曲班学生讲园林，用意极深，普通人看来不理解，而俞先生却有独到之见。我曾为此写过一篇《园林美与昆曲美》，载在《书带集》中。

最近陈巨来翁请客，席间见到了俞老与夫人李蔷华，还有郑传鉴、华文漪。二十年前华文漪、王英芝、刘异龙、岳美缇、蔡正仁、顾兆祺等一班小朋友，还在念书学戏、学笛，我请他们到同济大学来演出。莫说他们都只十几岁，可是当时已轰动同济大学，不能说万人空巷，亦可说万人空校了。我虽"跑差"，人是累极了，然而在他们的身上，寄托了中国文化的流传。昆曲的复兴，是一朵刚开的花，美丽得耐人寻味，引人遐思。因为在这花上有一个极美好的未来。如今他们经过这么两段不短不长的年月，到了花正怒放的时候了，我们要如何地珍惜，如何地尽情观赏，该学习的要努力学习。他们的身上是通过俞先生及传字辈老一代艺术家，将我国戏曲艺术最精华的一部分集中了。它不是一个狭义的地方剧，而是中国戏曲的祖先，从它身上产生了多少流派别支，是一个文化宝库，而演出的诸位却都是国宝了。我真敬佩俞先生,这位老人,仁慈、慷慨,能诲人不倦,交游不尽,他身上、戏上、谈吐上、举止上是有书卷气,亦就是说有高度修养的文化与学问。他常常对我说艺术家要有气质、风度。俞先生对下一代的教育并不局限于技,而已近乎道了,因此他八十高龄在港的演出,我们不是单看他的戏,而要看他身上在一般演员上没有的东西,这东西就是我们的民族文化,是作为一个中国人最可宝贵的精神文明。

"虽然高下分浓淡,总是新篁得意时。"我用郑板桥题画诗来赠送俞老带头在港的昆剧演出,想来老少皆欣然吧!可是悠扬笛韵、婉转歌声,我只能凭我的想象与幻思了。

1983年10月

半生湖海　未了柔情

"旅游"两字对我来说，一点也感受不到什么新奇、向往，或者引以为是件乐事，或者时刻在盼望着的。半生湖海，东西南北，跑到今天也有些疲惫与困顿了，吃一行怨一行，人家以为乐，而我却有些苦恼了。

旅游是乐事，尤其春秋佳日，一叶扁舟，两行垂柳，远山近郭，曲渚平泉，都是处处入画、引人遐思，一抒我怀抱。挟飞仙以遨游，抱明月而长终，超然物外，确是有益身心的好事。然而我的职业是古建筑与园林，因此天下名山、世上胜迹，都有必要去跑跑。我的友人曾送过我一副对联："几多泉石能忘我，何处园林不忆君。"亦算一往情深了。但是又为什么怨，到如今有一天能闭门养神，小斋盘桓，静中生趣，是最大的清福了。这原因是我的职业像旅游，而我却从未有旅游的想头与感受到旅游的乐处。几乎变成出诊医生，到一处便是病家围住，却又不能随便开方，性命交关，医师是要负责任的。人目为是乐事，而我则有口难分辩。当然人是有感情的，还是会触景生情的，记得在山东潍坊十笏园临行时所吟的几句俚语:"老去江湖兴未阑,园林佳处说般般。亭台虽小情无限,别有缠绵水石间。"十笏园的景物,我是至今难以忘怀。苦与乐是相对的,人们对我尊重,就商于我,我应该乐于周旋,但自问才疏学浅,有时又应付不了,常常引起思想中苦思深虑的痛苦,于是干脆少出行为妙。"人到多情情转薄,而今真个不多情。""屏却相思"罢,但反过来虽是"近来知道都无益",到头来还是柔情未了,继续过我这种近似职业的旅游了。

在国外遇到有社会地位的人,他总是说"我乡下有别墅","我每年要出外旅游",好像这样是高等的人有文化的人。他们厌倦都市生活,爱好自然,这不能不说是他们比我们进步的地方。因为已经认识到旅游中包含着很多的文化与学问。老实说,我今天薄有一点微不足道的成就,一半是从书本中得来,一半是从旅游中得来——这是一个大课堂,大教本,它比教室书本灵活、广泛、深刻得多。那要看你带了目的没有,有没有求知的欲望与在旅游中应付出的辛勤劳动。"学向勤中得",旅游就是学。

我从小就有爱好风景名胜的习惯,我是生长在西子湖边的人,当然自小对于六桥三竺、灵隐虎跑,以及宋临安古城遗迹,都感到有兴趣。向父老与教师处得到它们的传闻，星期天去做所谓踏勘，逐渐开始去查文献资料，自己也渐渐写点小文章。这样我觉得览景看物，就不是人云亦云、道听途说了，有很多不懂的地名也知道了来历，进而了解了当时的历史情况。我在今天还是主张地名少改为妙，因为旧地名有其历史根源，它是当地历史文化最好的证物。比如苏州的三元坊、杭州的六部桥、北京的宣外等名称，是增进乡土历史教育的好材料。我离开了童年生活，已是半个世纪了，至今还是感激那时老师对我进行的背诵诗文教育。什么"山不在高，有仙则名；水不在深，有龙则灵。斯是陋室，唯吾德馨"等。当时虽然如小和尚念经，有口无心，但是经过朗朗成诵后，一辈子也忘不了。尤其那几篇怀古文章，一经古人点破，真是其味无穷。近来曾看到我的一些学生，他们在写风景美学，我问他们你既不能诗，又不能画，怎么写的，他们回答得好，我们将有些地方留空白，查到了诗与画论再填进去，何其巧妙的填充法啊！我不禁唏嘘不已，如今写作也是装配式了。我这里提出这一件小事情，也就是说明一个问题，旅游如果先做些准备，那到目的地，其收获与情味迥然不同于一般人，而且更使你会有第二次或第三次重游的必要。

旅与游这两个字，在我的体会中，有时应分开，有时应相合。照例讲，旅应速，游要慢。这在距离较远的条件下，一定要缩短旅途时间，以增长游的辰光，应该这样做。但是如果旅途中又是有极好的景物，而且路程不长，我还是主张走比船好，船比车好，车比飞机好。我自身的体会从走出来的游，真是仪态万方，变化无穷。随时摄影，随口闲吟，父老田间，少作清谈。而土酒清茗，远胜餐厅，闲适而恬静的小游，比坐那豪华的轿车，恐怕更多真趣，增加更多知识吧。

  人们在旅游中，总要有点小"乐胃"，我觉得土酒乡肴是最有风味的。我留恋的一次是在绍兴兰亭，管理员为我们弄到一条鳝鱼清蒸了一下，另外一盆雪里红炒豆腐干，一盆肉饼蒸鳌，外加紫菜汤。坐在右军祠水殿中，兰香盈袖，几杯绍兴酒，同桌者皆略带醉意。这种境界，什么广州北周酒家，上海锦江饭店，都是无法比拟的。穷也要穷得美，丑也要丑得美，美的境界并不是单凭金钱可以买到的。我每到一处总要带点纪念品，既是纪念品，就得要有地方的特征，它是永远作为回忆的最好东西。我拾回过韶山的卵石，带回过泰山的松枝，养活了扬州的蒲草，等等。我的经验，舟车中是最好构思成诗，或成文的时间。那有节奏的震动，促使思想更加敏锐，常常会出现佳句美章，写游记来不及，那短小的诗篇,是最概括最精炼的游记,以后翻阅时,可以勾引起无边的当时游兴。如鱼饮水,唯有自己最能理解亦最能欣赏它。老实说,我的游记式的诗,大部分成于舟车之中。在漫长的岁月中,旅游对我来说是学问,是文化的摇篮。在提倡精神文明的今天,旅游能导之于有高尚的风格,它所造成的效果,转过来将对物质文明起着巨大的影响。

1983 年 4 月

论北方园林

这次到辽宁来，对我来讲，受到一次很大的教育，学习到很多的东西，很感激此地各方面的招待。我今天向诸位汇报一下在辽宁的学习心得，谈不上做什么报告。

我到辽宁来的时间不多，不能下车伊始，就哇啦哇啦的，要虚心一些的好。我将这十几天来在辽宁得到的印象，和大家谈谈。到了辽宁，我已出关了，一个江南人出关了。我记得有两句诗："骏马秋风蓟北，杏花春雨江南。"上联描写的是北方的情况，下联是我们江南情况，对不对？这几天这里正是"秋风蓟北"。

我们搞园林的，就是要造成一个很好的诗情画意的境界，所以搞园林最重要的是"立意"，像做文章一样。你是作论文，还是作小品文，还是作诗？这是个根本问题。东北的园林与江南的园林有什么差别呢？我们知道，园林有地域性的差别。在中国园林中，北京的皇家园林有颐和园、圆明园。刚在北京开会，讨论恢复圆明园的问题。圆明园的特征是什么？后来我总结成几句话，把圆明园的特征勾画了出来：圆明园素称"万园之园"，是世界上最好的花园。圆明园是仿江南的北方园林，它的特征是"烟水迷离，殿阁掩映；因水成景，借景西山"的北国江南。这几句话是圆明园的基本观点，也就是圆明园设计的立意。最关键是"因水成景，借景西山"。

中国园林最大的派别是江南园林和北京的皇家园林，以后又产生了扬州园林。扬州园林处于二者之间，广东有所谓岭南园林。扬州园林也好、北京园林也好、岭南园林也好，都是根据当地的气候条件而产生的。北京的皇家园林，颐和园也好、圆明园也好，建筑物多数红柱黄瓦，树木以松柏为主，它的色彩比较浓艳。扬州园林也有模仿北方的，也有模仿江南的。到了苏州园林，那它全是"小桥流水"了。广州今日的岭南园林，如羊城宾馆、白云宾馆，这种园林，不是真正的广东园林。我说句话，这种广州园林是"出口转内销"的园林。最老的广州园林是这样的：四面环楼，中间水池，树木很高，里面全摆兰花，广州气候热，到了这种园子来，周围很高，日照也照不到，夏天很风凉。若将广州园林搬到沈阳来，那一年四季晒不到太阳，要这种园林干什么用呢？所以说园林应根据地方不同气候不同而特征亦不同。园林有它的个性，有它的地方特征。这一点，我们千万千万要把住。所以我讲"骏马秋风蓟北，杏花春雨江南",我们沈阳没有"杏花春雨",沈阳有"骏马秋风",所以地方不同,产生的园林风格也就不同。解放后互相交流是有好处的,但又带来我抄你,你抄我,不应搞的搞来了,跟吃菜一样。哪一个城市的人民饭店的菜,都是一样,没有地方特色,哪个宾馆不是两张床、两张沙发、一口橱,一模一样,这就叫做交流经验。我不是反对交流经验,而是反对照抄。

关外园林应有关外园林的特征。我到了关外,到了大连,又从大连到沈阳。沈阳园林了不起,我很佩服。我觉得江南园林对我们江南人来讲,不能再骄傲了。老子的江南园林不能甲天下了,要被你们"努尔哈赤"统一全国了。这就是说,辽宁的园子有特征,其好处在哪里?好处在令人胸襟开阔,有时代的气息,了不起!使人感到新中国的味道,有生命,辽宁的园子真有生命。我们江南园子已经差不多了,再不搞些路子的话,就死路一条了。辽宁的园子在立意上下了功夫,你们路子基本上是正确的。为什么呢?因为东北是工业城市,到园林休息的人数很多,而且城市污染相当重,所以大片绿化,大片园林都是很正确的。我来以前,以为沈阳的污染很厉害,但到沈阳的几个大园子一看,并不觉其有污染之感,这就是园林起了很大的作用。你们在立意上不局限于少数人的游憩，已能面向绝大部分的劳动人民，方向是正确的。

在立意以后，要牵涉到一个问题，即牵涉到"观"的问题。"观"就是游、看。我认为园林主要方向定了后，这个园子是以"动观"为主，还是以"静观"为主，要定下来。我们知道，动与静是相对的，游园子也是动与静相对的。有动必有静，有静必有动，若只有动观，没有静观，园子不成功；只有静观，没有动观，也未必成功。动观与静观是相辅相成，而不过是以哪个为主的问题。园子到底以哪一个为主？我个人分析，大园子要以动观为主，静观为辅；小园子以静观为主，动观为辅。为什么呢？小园子不搞静观，走上五分钟、十分钟就逛完了。大园子不搞动观，逛了三天三夜还没逛完。所以搞园林包含最大的辩证法，不懂得辩证法是搞不出什么好园子来的。动静是辩证法，高低也是辩证法，远近也是辩证法。所以我觉得在大连也好、在沈阳也好，东北园子一下子三十、五十公顷，个儿大；江南园林小的只有三亩地、两亩地，很小很小。这么大的园林有成功之处，你们在这两个上面打主张是对的：一个水，一个林。中国园林这两个问题是要抓住的。我最近到沈阳故宫，你们看，没有植物，干巴巴的，一点水也没有。到了清代，一进关后在北京建筑了中南海、北海、什刹海、后海、颐和园等，都搞了大水面。我在北京圆明园会议上说："园林没有水面，跟人没有眼睛一样。"古人的眼叫秋波，若人的眼睛不是秋波，就成白内障了。所以说水在园林等于人的眼睛，树木好像人的头发、眉毛。你讲头发有什么用？每月还要花钱去理。但如你将头发去掉、眉毛去掉，这个头就变成冬瓜了。所以说水是园子的灵魂，大面积园子没有水，这园子就没有灵魂。你看江南的苏州城、绍兴城，城市内填了河道，河道被填死了，污水没有地方去了，雨水没有地方去了，一个城市没有水应该叫"心肌梗塞"。东北城市气候较干，有大面积的水，可以调节气候、养鱼、养荷花，又可划船滑冰，有收入、管理少。草地，我赞成有草地但不宜太多，草地的保养不得了，皇帝搞这么许多水，不搞草地有他的意义。水除上面说的好处外，还能将建筑映在水面，因水成景，非常好看。有虚有实，实虚互见，园林有大面积的水，园子就活了。你们东北的树林有好处，东北树长得大，长得高，底下有空间，就有了层次。所以园林的变化就多了。从前戏台上有一副对联"三五步走遍天下，六七人雄会万师"，就是以少胜多。你们东北搞园林也要懂得这个道理。我今天到东陵，昨天去了北陵，看到东、北两陵树木并不多，但看起来很多，你们的园林在植物上是成功的，也是"六七人雄会万师"。但对本地树种要进行培养，要土生土长，不要进口货，也不要外地来的，进口货、外地来的花了很多力量，树木养不大。江青到上海植物园，问为什么不到海南岛去搞些热带植物？上海植物园搞了很多热带植物回来，花了很大力气，冬天烧暖气花了很多的钱，但没有保养好。所以树木尤其是行道树，一定要利用土生土长的。大连的洋槐很好，"十里槐香过大连"，大连的槐树，有了它的特色。我很担心沈阳，到底用什么样的行道树好？看看白杨，已是这个样子，都差不多快退休了。再看看柳树，精神萎靡，只有水边的柳树还好。再看看法桐，这些外国树在沈阳，水土不服，听说洋槐在沈阳也并不好，到底用什么行道树，恐怕还要考虑。为什么呢？行道树三年五年成不了荫。越种得迟越返工，损失越大。我总觉得一个城市的行道树，一个城市的园林，一定要使游人被它们吸引住，拿他拍的照片一看，就知道是什么城市，这就成功了。如果这个城市的行道树及树木和别的城市的一样，那么何必到辽宁来看呢？所以一个城市应有一个城市的特色，应土生土长，显得地方感。你们都是地方干部，很好，但假如叫我到沈阳来工作，连讲话都讲不清。所以从沈阳园林来看，一个水，一个树，这两个关键要抓住。

还有，在水与树的中间，有个技巧问题，我们知道搞花园有三个关系：一个是大与小的关系，一个是封闭与开放的关系，一个是曲与直的关系。你们此地有大量的树与大面积的水，其好处是开敞，缺点是太空旷了。所以说"园必隔，水必曲"，园越隔越大，水越曲越有变化。这里边是什么关系呢？我们知道，大园子不觉其大，小园子不觉其小，这是辩证关系。这跟吃菜一样，荤菜吃下去不觉其油腻，素菜吃下去不觉其清淡；荤菜有素菜的味道，素菜有荤菜的味道，这个菜就高级了。所以从前有句话："南人北相，北人南相。"就了不起，这也是辩证的。园子大，走到大门口一望，啊呀，这个园子多大呀，我老头子怕走不动，不进去了。又如小园，游人一看，太小，就不想去玩了，这就不成功。苏州网师园很小，可是它能静观，可以在里面玩很长的时间。北京颐和园这样大的园子，还经得起游，是因为隔了。一个廊子隔一隔，一个建筑物隔一隔，就有变化了。所以园要隔，水要曲。如果水不曲的话，就是河了；园子不隔的话，那变作人民广场了。所以这里面有辩证关系。所以隔与曲的问题，还是要巧妙应用的。我这次到南湖公园，南湖公园内小园子很好，我对它印象很深，为什么呢?它是大园子里有这么一个分隔的小园子,游人就坐得住了。如果园的交通路线,全部可以跑汽车,那就叫作"园林公路化"了。

我这次到杭州,杭州有个很好的灵隐寺,文化局与建委的同志陪我去的。我进去一看,全是商店,壑雷亭的水也没有了。我很伤感,自言自语地作了一首打油诗:"不闻潺潺声,但见人轧人。建筑皆洋化,灵隐色摩登。"第二天报纸上登出来了,因为文化局对园林局有意见,借用这首诗来刺园林局,弄得我很为难。我们风景区不能公路化,我们的园林不能公路化。沈阳的园林这么大,除主干道外,还应有小径、支道。主干道可以走车辆,支干道一定要徒步走,这样人流可以分散、集中。纽约中央公园,里面可以开汽车,但有主次之分。几十公顷的大园子,汽车进不了,我也不敢去玩了。要允许有小干道外,还要有蹬道。人到山上去是登山,一步一步登上去,四只脚是爬山,两只脚的是登山。登山要有踏步,斜坡道人不喜欢登。人上山一定要有踏步。在踏步上可以回头看,斜坡道走起来,上海人叫"性命交关",不能回首。所以道路有几种几样的分工,还要有的放矢。在特大园内可以坐汽车,可以骑自行车,可以划船、骑小毛驴……也可以走。沈阳故宫门口放了一个破的摩托车,叫人家去拍照,我不照,中国人连摩托车都没坐过,还拍照片?如北京故宫门口放辆旧汽车,叫人拍照,我提了意见,这丢中国人的面子。如果沈阳故宫门口摆一顶轿子或一匹马,且备清朝服装,外国人走上去,骑一骑五个美金,这才叫得体。我们造园子最主要的是得体,像我老头子烫头发穿喇叭裤,得不得体?不得体。大园有大园的体,小园有小园的体,所以造园不得体的话,钱是浪费的。什么叫得体?举个例子,五十年代我们受了苏联的影响,最好公园内什么都有,动物园也有,溜冰场也有,游泳池也有,露天剧场也有,儿童公园也有,请问哪有公园能做到这么包罗万象的?

如在东陵公园,你去造个露天剧场,哪一个人到东陵去看露天剧场?市区内有动物园,臭气很重,逃出一个东北虎不得了,要公安局派人了,所以这种办法不得体。儿童公园要放在住宅旁边,哪有什么很远很远的公园内放个儿童公园?妈妈高高兴兴地带子女到南湖公园内的儿童园内去坐十分钟、五分钟,妈妈又坐汽车去玩大人公园。儿童玩儿童公园,妈妈玩大人公园,老头子玩老头子公园,三代三个公园,似乎大可研究。到底是郊区园子,还是城市园子,还是水边的园子,我们都要搞清楚。所以我们园林分类里有什么郊园、市园、山麓园、平地园。根据地点的不同，要因势利导。东陵山坡下面要布置花园就叫山麓园，地形有高有低的。如用推土机将土全部推平，当平地园那样搞，那就犯错误了。西安的杨贵妃骊山脚下，当平地来造园，那就错了。搞这么大的东北园子，就得因势利导，这样既可省土方，又可省人力。唐宋在河南的园子，他是根据土的高低搞园子的，如不根据地形，用推土机推平，全部搞平是不行的，如女同志是头发烫烫好看，还是剃掉好看？我看还是烫烫好看。但必有男女长幼之分。园子不因势利导，不因地制宜就要犯原则性错误。所以重要的是得体。得体有不同的解释，我可以这样解释："为什么城中间不可以搞一动物园，大家看看多方便？"另一个人说："它有臊味，它要叫的，有噪音，如逃出一个就不得了。"故动物园在国外不放在市中心，这样才对了。多种园子有多种的设计，市中心的、郊区的、山地的、平地的，都有一套设计方法。当然这方法不是抄袭，还是要抓住地方的特性。什么叫地方特性？那就是你对当地的地形观察，对当地的树木品种多观察，对当地的风土人情多观察，就可以搞出个好园子来。为什么中国的园子有诗情画意，为什么外国的园子不显著呢？因为我们中国的园林有生活，中国园林除树木配置、山水外，还有建筑物。有建筑物就有生活，有生活就有情感，所以有句话"私订终身后花园，落难公子中状元"，为什么要私订终身"后花园"，不私订终身大森林呢？因为花园内有建筑物，所以中国园林必定要配建筑物，中国园林没有建筑物就原始化了。建筑物就起到隔景、引景、点景和对景的作用，隔了就有空间，就引出了景致。什么叫引景？杭州西湖有个雷峰塔，塌了以后，景致没有了，南山就没有人去玩了。

辽宁的园子面积大，面积大就得建筑物来点景。一点以后，人家跑过去了，山上没有东西，如山顶上有一个小亭子，小青年非上去不可。大面积园子造很多建筑物是不可能的，我们之所以点景，点景把人物引进去，使人流可以分散。不但要点景，而且还要题名，大连这样城市风景很美丽，北国胜江南，但上面建筑都没有，故要点景，不但要点景，而且最关键的是要题名。西湖的十景，哪有十景？单双峰插云，北高峰造了电视台，雷峰塔也没有了，可是还叫西湖十景，所以园林的命名是很重要的。

我对"公园"这个名称是有看法的，有公必有私，今天公园都是我们大家的，何必再叫公园呢？过去旧社会张学良的西郊花园，就是私人花园。公园名称如果不好，什么上海公园、杭州公园，一个样。苏州有个城东公园，没人去玩，后来叫东园，有人去玩了。开封的汴京公园，我去了，我说叫"汴园"，汴园以为是宋朝留下来的，改了，招人了，这就是说要有点文化。南湖公园，南湖大？还是公园大？叫南湖好了，公园里的南湖有多大？你看，南京中山陵没有叫中山陵公园，还叫中山陵陵园。北陵要叫北陵陵园、东陵叫东陵陵园。北陵如叫北陵公园，努尔哈赤还要坐汽车了？所以园林的命名，关系相当大，《红楼梦》中大观园造好后，还要题名的。不题名，哪里晓得有"潇湘馆""怡红院"？而只能说那个房子、这个房子……故名称能吸引人。

所以说，东北地区这么多的园子，如沈阳就有十几个园子。我希望每个园子应有一个园子的特色，不能吃大锅饭，而且一个市的园子有一个园子的特色。所以我讲，园以景胜，景因园异。我讲句笑话，我到沈阳来吃小馆子，馆子写"沈阳风味"，我就想尝一尝，如果叫人民饭店，到处有人民饭店，我就不吃了。

园林不在于大小，要有自己的风格。这个问题值得探讨，要摸索出这地区的园林特征是什么东西，如北陵、东陵令我最难忘的是松树。松树好比北方的涮羊肉，有地方风味，东、北陵缺少的松树要补种。如掌握不住这一地方的建筑物、植物以及用水的特性，就不会有特征出来。我再举一个例子，我们知道水与山的关系，即"水随山转，山因水活"，"溪水因山成曲折，山蹊（路）随地作低平"这几句话。园林水与山处理得好与不好，根据这两个原则来衡量，不符合这个原则必然会顶牛的。再看你们北方的水，与江南的水不同，北方的水，水面阔，一会儿有水，一会儿没有水。北方的桥与南方的桥也不同，北方的桥下不走船，南方的桥下要走船，故造桥时，北方的桥与南方的应该不同。园林的桥也好，路也好，都是根据自然出来的。鲁迅先生有句话："路是人走出来的。"规划园林，路必定是曲折的，而不是用三角板丁字尺画出来的。水也是根据自然，路也是根据自然的。老式的小桥，一面有栏杆，因为这是模仿农村的，农村两面栏杆的小桥，牛不敢过，打死它也不过去。另外，小桥上挑上担子，两面栏杆怎么过呢？如果现在有这么一个小桥，两面有栏杆，这好像是个"弄堂"。就不合理了。你不根据自然条件来布置园林是得不出好的结果的。不能违反自然规律的。水面宽造五曲，水面窄的造三曲。

中国园林的许多手法，不是凭空出来的，而是从农村自然风景中吸收过来的，所以说是因势利导，尤其是你们这种大面积的园林，要有分有散，有聚有合。所谓分散聚合，就是要有节奏，这是辩证关系。用两句话说：

1941年的北京白塔

"奴役风月，左右游人。"搞园林设计搞到这个水平就行了。所谓"奴役风月"：我有松，风就来；有水面，月亮就来了。要游人走就走，停就停，青年公园的喷水池，就能左右游人了，如设计者不能控制人，设计就失败了。叫它吃干不吃稀，叫它朝东不朝西，叫它立正不稍息，这样，本事就大了。一个成功的园子，必定有重要的几个观赏点，譬如北海的白塔、颐和园的佛香阁，就是风景点。至于长廊，就是走的，长廊是"廊引人随"，所以它是个动观。游客要坐下来，就是静观，整天走是不可能的，一定要有动有静，动静要安排得当。我那次到马鞍山，那里的许多亭子样子怪得很，他们要拆掉，我说拆掉要浪费几万块钱，我给你们起个名字叫"暂亭"。意思是我亭子造得蹩脚，你暂时停停，不好你就走嘛。这样谦虚一下，人家就会原谅你的。常州有个人搞了一个花园，叫"近园"，我说这个花园还没有造好，差不多近乎个园子，但还没成个园子，人家进去一看说："蛮好。"这表示园主很谦虚。说你们北方园林哪及我们江南的园林？但我看了，非常钦佩。我们讲江南园林甲天下，苏州园林甲江南，好个老三老四的，不行。我所说，园子里分隔的关系，是园子有分合的关系。为什么中国的园子，大园里面包小园，大湖里面包小湖，就是这个道理。空旷的大园子没有几个小园子是不行的。我说个笑话，我们吃的包子，有小笼包子，小笼包子吃下去很舒服，如果把十个小笼包子变成一个大的包子，吃下去就不舒服了。这就是说，大园子里没有几个小园子，就没有趣味。大型园子里的建筑物不能放大，不能搞大建筑物，不能摆大茶室，这是历史的经验。建筑物要定尺度感，比方一个亭子，只有几个人可坐，如果把亭子放大得像天坛那么大，那就不成其为亭子，就好像个笼子，对不对？老鼠应该画得这么大，若画得像牛那么大，就不像老鼠了，所以北京北海公园，亭子就是亭子，没有造大亭子，亭子与亭子用廊来连。如今造大茶室，全部都失败了。常州、苏州、马鞍山等处造了大茶室，终于不成功。园林大茶室，像剧场一样，尺度是不配的。园林建筑物，宜散不宜聚，散是用廊子连起来的，不是把亭子无限放大，北陵若造一茶室，有隆恩殿那么大，甚至还大些，就显得隆恩殿很小。还有什么意思？我随便讲一下，故宫四周，照文物法令，应有一相当大的绿化地带。日本也好，美国也好，从飞机上望下去，就知道是文物区。否则，四周造高层，故宫就要变土地庙了。又譬如，东、北陵四周建筑物超过北陵的话，陵就要退出人类历史舞台了。所以中国园林里，廊和路是联系建筑物的，墙是分隔建筑物的,使成一组一组,有分有合。如在园子里造庞然大物,必定失败。我们知道,建筑物的开始,由于人是巢居或穴居,因而分两个系统,一是南方系统,是棚;一是北方系统,是窝。南方是四面开敞的,所以园林的建筑物是南方系统,开敞的。如果园林里来个大建筑物,全部都封闭的话,是不成功的,不"透"了。今后,园林建筑物,宜小不宜大,宜低不宜高,宜有变化不宜直。建筑物看顶,假山看脚,这是个规律。所以中国园林建筑物的顶都有变化,有尖顶,有歇山顶……很多样的顶。因为我们看亭是仰面看的,看假山是往下看的,哪有爬上去看的?从现在来看,园林的建筑物,平顶总是失败的。若造平顶的话,外面要用墙头包围起来,否则就像个笼子。我们出去,头上总要戴个好帽子,叫做"加冠"。所以建筑物下面栏杆做得再好,上面顶子不好是失败的。因此,建筑物的顶要注意。

你们这里的假山,面积大、体形高,据我看,要平冈小坡,是土包,上面放几块石头,好像山头被水冲过一样,因此叫"点石"。它有个处理的问题,山有脉、水有源,如山无脉、水无源,那这园子的山、水全部是孤立的,好像个拼盘。你们这么大的园,山水二者应互相联系,而不是孤立的。以前人迷信看风水,就是研究山水的关系。看园子就要看风水，说个笑话，东陵风水就好，所以皇帝统治了三百多年。有人讲，蒋介石给孙中山选坟，风水并不好，如好，孙科上了台，那你蒋介石还有什么地位呢？张作霖的风水不会好，葬都没葬下去就完蛋了。园林的山水关系搞好了，园林一定就高级了。所以园林有个选址问题，能因地制宜，园林一定会成功的。园子点选好后，低洼地以水为主，有高低坡就布置山，这些要好好考虑。近年来有个风气，又好又坏，互相学习是好的，但不等于互相抄袭，近来广州风刮得很凶，从华南刮到东北。广州园林，这十年来有它的成就，应承认它，但广州园林是广州园林，东北园林是东北园林，广州人一年到头光脚，东北人光脚就不行；广州有它的树木品种，有它的石头，及它的气候条件，与东北的完全不同。你们看，为什么北京的园子，有红的柱子，有黄的琉璃瓦，有常绿的松柏，与蓝色的天相映，很漂亮，很舒服。江南园林这样搞，到夏天吃不消。东北的园子，有松柏，冬天还有绿，如全部用落叶树，到冬天什么也没有；江南园林用绿叶树，可以看出四季来。常绿树冬天还是有色彩，所以现在此地的园子用松柏为主，洋槐落叶，银杏变色，都是对的，我们要尽量表示此地的特征。另外，建筑物用点红柱子，用点琉璃瓦，还是对的，若没有，冬天看起来很不舒服。我们知道，色度这个问题，南方树叶颜色淡，那里的建筑物色彩不能浓，要白墙灰瓦。北方的树色浓绿，建筑物色彩淡了，与蓝天、绿叶色度调和不了。所以北方园林，色彩浓一些，是允许的，这能表示出北方的性格来。那年开封汴京公园，搞了个房子，模仿广州大玻璃窗配白色瓷砖，到十月份，没人敢进去，冻死了。这叫做人打赤膊，就是说，有许多北方模仿广东房子的大玻璃窗，白的马赛克，一到冬天，等于赤膊房子。这也有辩证关系，夏天搞点南方样子、风凉一些也确有好处，但总的趋向还是要有北方应有的趋向。

东北的园子还有个问题，就是游的季节短，能否稍微拉长一些？解决的办法，我考虑常绿树酌量多配一些，使冬天还有色彩。另外，一个园子里游人最喜欢拍照的地方是在建筑物旁边，建筑物冬天不会落叶，建筑物还是建筑物。冬天东、北两陵松树落上雪，加上建筑物，拍出的照片别有风味，冬天在里面玩也是好玩的。我不是主张东北的园子，全部造成颐和园一样，全是建筑物，而要重点突出，集中使用。东北的花卉应该浓艳，要万紫千红，一定把东北的特色显出来，让外地人看，就知道是东北园子。吸收外地经验要慎重一些。我们不一定学广州的。一个广州，一个东北，路线实在差得太远了，他们在广东可以做出成绩，到北方未必能做出成绩。如果要学习，一方面摸索自己的园子，一方面学习比较接近当地风格的园子。园子里不要搞低级趣味，低级趣味到娱乐场所搞去。南湖公园的花卉园，票价八分太便宜，一毛钱还要找二分，你可以卖五毛。广州的兰圃卖五毛，外宾卖七毛，我们东北为什么卖得那么便宜呢？越便宜越没有人去，八分钱就太"那个"了。我认为票价应两极分化，高的高，低的低，不要一律化。价钱太便宜，园子糟蹋破坏得很厉害。

还有个问题，园林与文物的关系，我过去讲过，园林风景区没有文物，这个地方就没有文化，文物不与园林风景区结合起来就保存不了，沈阳在这方面作出了贡献。东、北两陵将风景区与文物结合起来，是成功的。沈阳故宫，在里面乱种树，就没结合好。故宫可在四周搞园林（现在对面搞了个大房子），这个论点，国家文物局是同意的，现在各地都朝这个方向做。还有，很重要的，文物结合园林是个方向，其风格应如何呢？如东陵四周搞个洋花园，那就破坏了东陵，造园应和东陵的风格相结合。因为东陵是一个文物所在，所以要服从文物这个主题。如果文物体量较小，那么文物可以服从园林。我到北陵去，到大门口，若不看见"北陵公园"四个字，就不知道是北陵公园，还以为是到了北京的陶然亭公园呢。这是因为北陵门的设计，与北陵公园不相协调。

各处都这样，其他单位瓜分园林的土地，这个问题很严重。不但沈阳如此，南京中山陵也去建工厂，上海的公园四周也在建住宅。现在园林是个"弱小民族"，不但要瓜分园林，而且在园林的土地的四周，盖一些不伦不类的建筑，使园林望出去，看不到好的东西，看到的多是烟囱，这个问题我要叫一叫的。我们园林工作者没有被人重视，好像园林就是种树，没有别的，退休的、不要干工作的、有病的，也到园林来。园林成了收容所、养老堂。因此园林工作者想升个工程师，真是难乎其难。他们说种树有什么工程师？绿化就是文化，没有绿化就没有文化，没有绿化就是"死化"。尤其你们沈阳城市污染比较大，绿化相当重要，是一个标志着"四化"的重要任务。不光是工业化上去了，绿化也要上去，才是四个现代化。如一个工厂占了你的地盘，你就问他，要死还是要活？你烧了我的树，你工厂再好，你厂长也是要死的，还要靠我绿化。直接生产与间接生产，一样重要。我们搞旅游，风景区与园林是无烟工厂，工厂坏了能重造，风景区搞坏了无法再挽救的。我们要对人民负责，尤其是东北地区，有的人要来看看你们三十年究竟搞了什么东西，我们要争气。我对局长和同志们致以非常的敬意，我相信你们能搞得很好的。

我对沈阳的建设，五体投地，沈阳工业首屈一指。可是到沈阳来，还要看看东、北陵和大帅府，因为这标志着沈阳的历史。一个城市，不能割断历史，我们到一个城市，国外也是这样，先看看他的博物馆，先了解他的历史的全貌，再看看各个时代留下的重点文物，这样以后，对一个城市了解清楚了。我们是历史唯物主义者，我们不能割断历史。没有旧，就没有新，有旧才能有新，新的要超过旧的。尤其是沈阳工业这么发达的城市，里面有许多比较重要的文物，应加以保存，说明沈阳是一个发展的城市。不仅沈阳市，辽阳的白塔是辽阳的标志，看到辽阳的白塔，就知道是辽阳。因为现在城市发展相当快，旧的标志没有了就搞不清了。如沈阳城里的鼓楼和钟楼至今还保存的话，那就更好了。我们知道沈阳的旧城，是以故宫为中心，外面全是发展出来的。

听说沈阳有西塔、北塔、东塔、南塔，应该保存起来，也应保存好，因为这是沈阳城市的标志。如开封有叫繁塔的，繁塔的地位是宋开封外城的地址，我们研究宋朝开封城，就得依靠繁塔的地点，如果这塔完了，开封城根本找不到了。我们园林工作者与文物工作者是兄

1941年的开封繁塔

弟，不可闹对立、闹纠纷，我们是相依为命的。

旅游工作者，他们在最好的风景区造宾馆。国家规划局局长讲过，旅游破坏风景。外国人到中国看风景，风景破坏了，还看什么？要住高级宾馆，外国的比我们好得多，到中国来干什么？比如东陵，这条路高的高、低的低，旅游局说，外宾汽车不能上去，你给我开一条柏油路上去，那风景全破坏了嘛，外宾要步行，陪外宾的旅游工作者不肯走路，就开车去吧！旅游工作者最希望汽车开到门旁边。所以大连宾馆，下边全变成汽车停车场。我先住在前面，很闹，后来搬到后面去了。我在想：汽车污染在上海有得吃，为什么还要到大连来吃呢？

我们搞园林的，对许多原则，应该坚持就坚持。风景区的路，有走的路、有看的路，不是公路。还有一点，风景区什么也没修好，先盖茅房，这是主次不分。茅房应该修的，但不应该修得那么讲究，香水什么的……现代化得一塌糊涂，风景区没看见，先看见茅房。有些茅房甚至好像园林的小品建筑，四周有漏窗、花窗，啊呀，漂亮得不得了。我们搞漏窗是把园林的风景引出来，茅房里有什么风景可引的？解放后我第一个提倡漏窗，我现在自己在检查，我有诗云："我为漏窗频叫屈，而今花样上茅房。"所以这也是园林建筑的主次问题。我有一个想法，沈阳水位不高，如果把茅房像城防工程似的全部放在地下，就成功了。还有一个问题，现在的城防工程把风景区的水系全打乱了。这是个大问题，山里的泉水没有了，山就完了，好像人的眼睛被挖掉一样。所以这个问题，要同城防工作者好好商量商量，但这是相当吃力的。我碰到的是在福建开会时，泉州有个宝塔，是国家级文物，他要在宝塔旁十米处打防空洞，我讲不能打，他要打，说国防第一，你什么文物政策？等到下午五点，快散会了，还没有解决，他的权力大。我说："这个宝塔有几千吨石头，一个炸弹掉下来，宝塔倒了，要死多少人？你这防空洞能吃得消几千吨石头就修，不然就走。"到后来他老老实实移远若干米，这叫作"以毒攻毒"。我们的风景区如遇到这个问题，可与他好好商量，用"以毒攻毒"的方法，可以得到好处。一个风景区的水系被破坏了，是无法挽救的。不少风景区的泉水，被城防工程破坏了，泉水没有了，等于大庆油田没有油，外宾来参观时，只好用自来水龙头喷水，那又有什么意思呢？我们园林工作是个苦工作，关系到的面非常之多，我们都是自己人，今天讲讲，诉诉苦啊！

拉拉杂杂讲了这许多，难得见面，讲讲知心话，讲得不对的地方，大家提出批评，不过我没有坏意呀！同志们如果感到还有不尽之意,请参考我写的《说园》那本书。

1980 年 8 月 29 日

在沈阳建筑学会演讲记录稿

谈园林风景建设问题

我作为一个游客，以游客的心情和大家讲几句话。

我开始只晓得端州，不知道肇庆。我们小时候写字用端砚，就知端州其名，既然端州已是历史成名，何必改称肇庆？我建议肇庆这个名字还是改为端州好。

我们搞城市规划先要了解城市的历史，其次讲山川、地貌。做规划的要懂得天理、国法、人情，如果不掌握这三方面，这个规划一定要失败，不懂这个城市的历史发展，那就是盲人骑瞎马，瞎对瞎。这个原则定下来，我们的文章就好做了。

关于城市的性质，这个城市以风景为主还是以工业为主，还是以农业为主？这个大前提不定下来，我们的工作就没有目标。以杭州为例，杭州原是风景城市，后来改了，走了不少弯路，最后还是风景城市。从辩证的观点看，全面开花犹如一花未开，事情是相对的。城市规划、风景规划、园林规划是一个解决辩证法在实践中应用的一个事业，我们搞规划工作就是在不断的矛盾当中解决问题，矛盾解决得好，规划就成功。

肇庆市以什么为中心？肇庆为什么叫端州？的确，是名副其实的端州。中国、外国，南方、北方，没有一个城市像端州这样四面环山。欧阳修言"环滁皆山也"，端州亦然。搞城市规划有句话叫靠山吃山，靠水吃水。如果靠山不吃山、靠水不吃水，这是最傻的。我们要灵活、聪明、科学地靠山吃山、靠水吃水，不要傻着头脑去干，诸如开山、卖石头、卖矿、将水填了等等。肇庆靠山吃山、靠水吃水，可卖风景。你们现在卖风景，子孙后代还可以卖风景。你现在卖山，子孙就没山卖了，你把水填了，以后子孙就没有鱼吃了。

端州形势好，好在什么？就是风水好。风水不是迷信，风水指山川地貌。过去当县官的，一到任首先要看看县志、府志，找几个地方乡绅谈谈，懂得一些山川地貌风土人情。我们搞规划的人不是做知县官，但他们这种调查研究精神，我们也要学的。

初到肇庆市，当谈到公园规划时，你们的工程师讲市内有个宝月公园，我讲你们在星湖风景区面前搞个公园，不是等于饭店门前摆粥摊吗？哪有生意呢？他说宝月公园是肇庆市的，星湖风景区是地区的。两个机构，这就好像一家人两老各自烧饭，儿子媳妇自己烧饭，一个门里两个灶头。肇庆市与星湖管理区体制上的问题不解决，就会带来一系列的矛盾。要从历史的观点去看问题，凡是风景好的地方，园林就不发达，凡是平原地带风景差的地方园林就发达。四川园林不多，安徽现在也没有好的园林，它就是有天然山水。像宝月公园这个问题，只能是个大街坊中的一片公共绿地，而不是作为公园，这是我个人看法。我看过肇庆市的规划图，不仅仅包括了星湖地区，而且连周围的远山都包括进去。七星岩好，景外有远山，远山衬托着七星岩。假如外面的山都毁了，那七星岩还有什么好呢？不是成了七个土堆子吗？北京的颐和园为什么好，主要有西山。没有西山，颐和园还有什么东西呢？你们这里的阅江楼，对面有两座宝塔，是了不起的。西江的四座宝塔对江呼应，是肇庆市的一大地方特色。对景、借景在规划中都十分重要。你们搞规划的人应该四处看一看，周围望望，能看到的都应在规划中考虑进去。眼界要开阔一点，如果这许多天然山水一破坏，星湖公园即使搞得像香港公园一样也就没意思了。

一个城市应当有一个城市的标志，有一个城市的特色，照片拍出一看就知道是哪一个城市，这就成功了。比如，我们中国的城市外面一般有大桥，城市的内外有塔，但不是每个城市的塔都是一样的。肇庆市西江两岸有四个塔[①]，标出了城市的特征，失去它，城市就一般化了。当然，这座塔有迷信成分，但主要起航标作用，只有迷信没有功能是保存不下去的，我们做规划要有历史观点，这几个塔应很好地修缮一下。

什么是特征？使人容易印象深的叫特征。这次我到肇庆市来看到肇庆四塔，看到七星岩，看到友人送的端砚，久久难忘。你们端州的纪念品好，子孙万代都可以传下去。我作为一个游客，对端州有个好印象。我住在松涛宾馆望星湖，正是"不信异乡为异客，分明山色近杭州"。的确，肇庆的风景与杭州仿佛。好山、好水、好地方，作为全国的旅游城市，也作为世界的旅游城市，我们怎么安排呢？怎么建设呢？我看要注意几个方面：一个是城市特色，一个是风景特色，一个是建筑特色。风景特色是有山有水有七星岩；城市特色沿江有四塔，这个城市是滨江城市；建筑特色是怎样呢？我看不能搞成"土香港"。看来，这里"土香港"的倾向严重。何谓"土香港"？指盲目模仿者也。"土港"再好也高不过"真港"。所以我在闽南、广东大声疾呼：骑楼要保持，骑楼是个

[①] 即肇庆四塔，分别为崇禧塔、元魁塔、文明塔和巽峰塔。——编者注

高凤翰《砚史》中的端砚拓砚图

好东西，既解决功能，又增加了城市特色，下雨、好天太阳晒都有好处，上面空间又可利用。如果整个街区都变成方盒子，倒不如建些骑楼好。最近在江西开的中国建筑学会年会提倡保持两条原来城市的街景，保持一些旧街区、旧民居、古旧建筑。一个城市没有旧就没有新，你们肇庆市老城还在。

肇庆是个历史名城，有包公，我这次看了梅庵，又看了阅江楼，我很满意。肇庆工作做得好，我想到梅庵去，以为一定拆得不像样子，但是修得很整齐，阅江楼也布置得很不错。这个城市经得起游览、经得起想、经得起买。怎样经得起买呢？看了风景还要买点东西回去。有的城市经不起买，没有东西，你们还有几块砚台。你们端州拿得出最响的，一个七星岩，一个鼎湖山，这是你们端州的两座宝石。如何来经营？这文章要当心呀！

我们搞城市规划也好，搞风景规划也好，最重要的是立意，星湖的特征是什么？有七星岩，不要把七星岩孤立来看，外面有环山，岩外还有水，相当于一个水盆景。过去立意不准确，将水盆景变成旱盆景，就在这个水盆景的山外做了水泥外围，所以现在七星岩不在水里了，而是在岸上，在公路上面。这是对这个问题谨慎不够。过去要游七星岩，是用船去的，现在由公路去，往后要用缆车去，再后要用直升机去。西湖只有一个孤山，你们星湖有七个孤山，了不起呀。杭州只有两面环山，你们四面环山，是变浓妆星湖还是变淡妆星湖？如果说星湖变得与西湖一样，我何必来星湖？我不如去西湖，如果把星湖化成香港，我何必来星湖呢？所以说星湖要把握住星湖的特色，这是我个人的看法，星湖应该是"还我自然"，这并非意味着一个房子也不要造了。还我一个原始星湖吗？并不，自然风景区以风景为主，建筑物起了点睛、点景、映景作用。比如吃饭的那只"船"（松涛宾馆餐厅）这么大，这条船起码的尺度概念都没有。在蟾蜍岩和仙掌岩之间，两个岩这么小，中间摆个大体量的宾馆，压小了岩，岩成假山了，所以说，风景区建筑宜小不宜大，宜隐不宜显，宜低不宜高，宜散不宜聚，宜麓不宜顶。过去和尚寺庙不会造在松涛宾馆的地方，他们一定会在后面山阴处造，我们唯恐别人看不见，就赤膊上阵。世界著名建筑师贝聿铭先生，要他在天安门广场搞个高层建筑，他不搞，他说，我不能在祖国的地方搞出个东西遗臭万年。他去造个香山宾馆，贝聿铭先生这么大的建筑师不搞大楼，搞个小宾馆，聪明呀！他之所以成功就在于此。

我们过去搞风景也好，搞园林也好，拆了建，建了又拆，就是没有慎重考虑，在选择地方的时候，造个临时的，看看不好就拆了换个地方。我们现在既不看投资，又不看地形，建好了就改不了。

星湖公园包括鼎湖要搞建筑物，不论建什么，都应有自己风格，不要庸俗化。我今天很不客气，红莲湖你们搞了个铁索桥，两座假山，真山前面堆假山，自然风景就是搞真山，不堆假山。如果在风景区搞建筑破坏真山，破坏地形，这是罪人。

星湖风景区还有一个问题是挤的太挤、疏的太疏，就是说所有的人集中在广场的地方，有几只小船也集中在这个区，水月宫西面又是餐厅，又是什么东西，这样人流势必集中在这里，杭州西湖北山有座保俶塔，南山有个雷峰塔。雷峰塔塌了，就是不肯重建，认为是封建迷信，后来，我提出南山风景区雷峰塔不造，所有的人流集中在北山，不往南山去游了，这么一讲，园林管理处的人接受了，表示还是要恢复雷峰塔。如果恢复，人流分散，一个西湖当一个西湖用，以前一个西湖当半个西湖用，你们星湖应当充分利用呢！不要浪费啊！

我很奇怪，从牌坊进来，很少有人在堤上走，一部汽车一下子开到松涛宾馆，一下子开到里面，外面这许多风景区都浪费。我相信，如果再过两年，堤上不断有人走，星湖就成功了。为什么西湖堤上面有人走，苏堤上面不行车？我认为，在堤上建亭子要多建几个，没有亭，这个堤就是公路，星湖公园的游，有静观、有动观，有水游、有旱游，没有动观就没有静观，堤上搞几个亭，就有了静观。走了二百米，到亭子里坐下来看看，多好啊！现在一个亭子都没有。外宾到星湖公园，从牌坊旁划船，摇到宾馆，多舒服呀。现在好像是送货车，一下送到宾馆"下货"。这个是"旅与游"的关系，游要慢、旅要快，如果你游也快的话，只能是"不可不来，不可再来"。假如宾馆在山里搞，建些小宾馆，一家人待在这里三两天很有趣，下次再来；现在是汽车一次玩光了，下次就不要来了。生意不能一次做完，要做他几次。星湖不仅要招待外宾，更要考虑面向国内和全市人民，我们是为人民服务的，不是只为外国人服务的。我们可以在湖里搞点画舫，里面雕刻精致些；搞点餐菜，搞些鱼，这是星湖的活鱼；山上养些猴子，丰富公园内容。至于"登月火箭"，这些是城市里的东西，我们千万不要把"山林城市化"。山林是山林，城市里的东西不要都搬进山林，现在这个倾向很严重。你们这里龙船顶多三万元一艘，花六万元买两只船，再搞几十只小船，这个利润可比松涛宾馆要合算。我们要本轻利重。香港没有的我们搞，香港有的我们不搞，你们的风景区越是布置得中国化，外国人越是要来看，你布置得越洋，他们就不看了。我们这里的建筑，香港的东西、洋的东西宜少搞一些。

我们风景区规划要近人情，现在有许多不近人情的现象，比如今天到双源洞去。早先，这个水洞外面没有路的，要从湖里摇船进去，现在外面做了公路，我们现在进去像钻狗洞，毫无味道，这是破坏了自然生态，游得不合理。风景区应该发扬我们中华民族的文化传统，对广大人民包括华侨进行爱国主义教育，是培养下一代新人的最有力的教育工具。这并不是要在风景区内贴上什么标语，而是在风景区内怎样建设我们的中华民族的风景区，怎样规划、布置出一个很高水平的风景区，使华侨也好，外国人也好，都感到是来到了中华民族的国家了。这不是香港，更不是什么外国，而是实实在在的中国。

我们搞宾馆或公园要有亲切感，在公园附近搞宾馆宜小不宜大，宜散不宜聚，要有民族风格；里面的设备可以现代化，形式要民族化。

我到过瑞士，瑞士是风景区，那里的老百姓民居都成了风景点，小洋房形形色色很别致。我们现在就是有人喜欢将风景区的老百姓房子拆光来建大宾馆。最近江西园林处有两个青年技术员到我这里来，他们讲江西要把庐山的民居全部拆掉，让老百姓搬到九江城去住，坐电缆上山种田，实在笑话。民居在风景区内还是可以摆的，问题是我们怎样去规划。但工厂在风景区内则绝对要搬走。

风景区不与文物相结合，风景区就没有文化；文物不与风景区相结合，文物是保存不了的。我们最近开了一次古建筑会议，就是有这个看法。弄几个古建筑到风景区可添景，好的民居、好的古代建筑搬几个去有好处。星湖从唐代开始有名，搞几个古建筑有好处。星湖这许多石刻，是具有高度文化的反映。可以说星湖的山、鼎湖的山都是有文化的山。一个风景区与文化相结合有什么好处？就是使风景区耐看、耐玩、耐想，风景区允许有神奇传说、神话故事。电影《唐伯虎点秋香》一放映，上海的人都要到苏州虎丘去，干什么？去找唐伯虎。风景区可讲些神话，讲些传说，肇庆包龙图就好出名，包龙图了不起，名气大，他一出来，开后门就没有了，有教育意义。听说你们城里有个包龙图办过公的地方，将来可是个风景游览点。佛教六祖插梅为志的梅庵也可作为一个风景点。搞风景园林是个很复杂的学问，历史、地理、植物、动物、文学……关系到多门学问。昨天去梅庵，看到人民法院一块招牌，叫人扫兴。

风景区内一些建筑如鼎湖的绿眠亭、补山亭等，古人在这里建亭是为什么？要进行分析。一进补山亭，里面很幽深，外面很开阔，它起隔的作用。风景不隔不深，绿眠亭你登到那里就知道，后面有瀑布，连声都听不出，一出绿眠亭，一下水声就出来了。这绿眠亭对于飞水潭瀑布起了隔的作用。

鼎湖山庆云寺，下面看上去不中不西，不古不今，听说还要发展。我看风景区建筑古要古到底，洋要洋到家。各自分区，互不干扰，有好处。在城市的公园搞个区，洋一点可以，鼎湖山的寺庙就应古到底。现在后面搞了个既不像游泳池，又不像跳水台的东西，这就好像乡下老爷爷与香港的孙儿合拍的照片一样，一个喇叭裤，一个穿棉袄。洋跟古混在一起怎么处理呢？当然，我们不能排除风景区里有古中带洋，但要有个界限，处理要慎重。比如，星湖有比较偏僻的地方，适当搞点洋东西也未尝不可，但不要在七星岩当中搞，避免不伦不类。我们搞风景建设起码要求"不求有功，但求无过"。星湖有些我是非常满意的，就是隔得好。有天然的隔，有人工的隔，小区用走廊来隔，大区有七个山头来隔，这样有游的趣味，游而有趣到什么程度呢？游不思归，令游人唤起游兴，不匆匆而来，匆匆而去。看来，水游比旱游有趣味，我这次坐了一只汽艇游，倘若是用双手划的船，趣味还要好呢。

要使城里的居民随时能享受到星湖风景区的游趣，我们为人民服务就作出了贡献。现在，星湖用很大的力量招待外宾。我们不能忘记为人民服务这一条。游的方式要注意，风景点不要集中到七个岩中，要分散到七个岩以外。西湖为什么要搞十景？就是一次玩了两个景，下次还要玩八个景，如果一下子十个景都玩完，那么下次还有什么味道呢？风景区的景有朝景、晚景、春景、秋景、冬景等，有时间季节的变化。这些，你们广东是得天独厚的。广东的真山真水，有四时花木，了不起！这个特点我们要把握住。还有，景也可由人造，西面造个亭可观日出，东面造个亭可看日落，半山搞个亭子可供游憩。所以，景为人造，同时由人来宣扬。所谓宣扬，比如古今一些文人雅士为之题个很好的名字，一点景就出来了，这个名称很重要，贴切得当，犹如画龙点睛。你们洞里宣扬的这蛤蟆、大象之类，毫无意思。你们端州包龙图来过，端州就叫得响，叫肇庆，像绍兴，扫兴。

今后除七星岩原风景区外，建议你们搞些更多的风景点，这许多风景点将来形成体系，会大大拓宽游览范围，使整个风景城市能容纳更多的游客，关键在于我们如何巧妙地来做这个事。

风景区一定要有真山真水，还要有植物配置，植物在风景区中占很重要的地位，好像我们的头发。我主张土生土长的树木，它代表这个风景区的特征，乡土树种最容易生长、发育。南京的雪松好，但配不了你广东。你们的建筑大玻璃、白水泥很漂亮，但在北方就冷得不得了。北京的院子多种松柏，因为它秋后不落叶。你们南方树木，常青树木多，到了秋天，叶色也会变化；我们南方的园林还要考虑树木的形态，树木叶子色泽的变化。

树木的种植应该讲究品种的配置，在一个区的树木品种不要搞乱，不要搞大杂烩，要调和。中国园林很懂得松林就是松林，梅林就是梅林，柳林就是柳林。杭州的白堤一株桃花一株柳，这是错误的，杨柳是水边植物，桃花是高山植物。风景区植物的更换或调整要格外当心，不能一下砍光，干部也要老中青结合呢！特别对老树一定要保，为什么？中国人欣赏树木只讲姿态，不讲品种，特别盆景很讲究姿态的。外国人比较注意品种，不讲姿态（当然也有讲姿态的）。中国人的花园里重视植物姿态，讲究少而精，以少胜多。现在园林部门上报种树五万株、十万株，这都是小苗呀！我就看你公园里有几株大树。风景区有大树可能成为名山。外国人到一个地方先看看博物馆，然后就是看你有多少老树，有老树才体会到这个地方有文化。希望你们肇庆市对所有古树要调查，名木古树要保，这在我们法律里有的。假如我们保住了包公种的树，就不得了，文章有得做，又是一景啊！

在风景区搞雕塑要特别慎重。华清池在杨贵妃洗澡处想搞个贵妃出浴像，杭州虎跑寺搞个假老虎，南京莫愁湖搞个莫愁女，这都是不堪称道的，我不希望你们在星湖自然区内搞这些不三不四的雕塑像。最近上海人民广播电台要我讲园林与雕塑，我说不好讲，因为中国园林雕刻是抽象的艺术品，一块假山石头是个美人峰，是个寿星公，似像似不像，这是中国园林的特征，属抽象艺术。现在国外最为时兴这种雕刻。

我们的美学观点是以含蓄感情为内蕴，形成人格化，具有丰富的想象力。外国则比较直率，可是现在他们也学中国的，拼命学我们的园林理论，而我们呢却把老祖宗忘掉了。其实，中国人民在园林艺术上有很高的哲学思想。比如对水的处理，外国惯搞大盆式喷池，中国喜欢弯曲流水，静中有动、动中有静，意境含蓄。本来七星岩的水面都是弯曲有致，静中有动，但一筑公路，这种关系就不存在了。松涛宾馆搞了个方池，既不像浴缸又不像游泳池，上面搞个喷嘴，试问水从何来？这些水是必须跟星湖的自然水连起来的，不能孤立的，不然就会缺乏自然生气。铁索桥两座假山哪里来的？它不可能与真山连成一体，假的还是假的。搞风景区建设要有整体观念，搞清楚来龙去脉。如果没有一个整体观念，单独思考问题一定要犯错误的。园林规划设计充满哲学原理与辩证法，我们研究它不能仅抄两个名词讨论讨论，而是要解决现实的规划建设问题。园林变化无穷，有法无式，借景、对景，因地制宜、因时制宜，这是法。搞风景园林要向大自然学习。一般来说，城市园林是大自然的缩影，你们此地有大山大水，很有条件。你们的眼睛不要看着苏州园林、扬州园林、北京园林，你们的眼睛要放在眼前这个珍贵的天然山水上。

1981 年冬

在肇庆市建筑学会讲演记录稿

园林与山水画

清初画家恽南田(寿平)曾经说过:"元人园亭小景,只用树石坡池,随意点置,以亭台篱径,映带曲折,天趣萧闲,使人游赏无尽。"这几句话是供研究元代园林的重要参证。所以不知中国画理画论,难以言中国园林。我国园林自元代以后,它与画家的关系,几乎不可分割,倪云林(瓒)的清秘阁便是饶有山石之胜,石涛所为的扬州片石山房,至今犹在人间。著名的造园家,几乎皆工绘事,而画名却被园林之名所掩为多。

我国的绘画从元代以后,以写意多于写实,以抽象概括出之,重意境与情趣,移天缩地,正我国造园所必备者。言意境,讲韵味,表高洁之情操,求弦外之音韵,两者二而一也。此即我国造园特征所在。简言之,画中寓诗情,园林参画意,诗情画意遂为中国园林之主导思想。

画究经营位置,造园言布局,叠山求文理,画石讲皴法。山水画重脉络气势,园林尤重此端,前者坐观,后者入游。所谓立体画本,而晦明风雨,四时朝夕,其变化之多，更多于画本。至范山模水，各有所自。苏州环秀山庄假山，其笔意兼宋元诸家之长，变化之多，丘壑之妙，足称叠山典范，我曾誉之为如诗中之李杜。而诸时代叠山之嬗变，亦如画之风格紧密相关。清乾隆时假山之硕秀，一如当时之画；而同光间之碎弱，又复一如画风，故不究一时代之画，难言同时期之假山也。

石有品种不同，文理随之而异，画之皴法亦各臻其妙，石涛所谓"峰与皴合，皴自峰生"。无皴难以画石。盖皴法有别，画派遂之而异。故能者绝不能以湖石写倪

［清］石涛《山水图册》之五

云林之竹石小品，用黄石叠黄鹤山樵之峰峦。因石与画家所运用之皴法有殊。如不明画派与画家所用表现手法，从未见有佳构。学养之功，促使其运石如用笔，腕底丘壑出现纸上。画家从真山而创造出各画派画法，而叠山家又用画家之法而再现山水。当然亦有许多假山直接摹拟于真山，然不参画理概括提高，皴法巧运，达文理之统一，必如写实模型，美丑互现，无画意可言矣。

中国园林花木，重姿态，色彩高低配置悉符画本。"枯藤老树昏鸦，小桥流水人家。"文学家、园林家、画家皆欣赏它，因有共同所追求之美的目标，而其组合方法，亦同画本所示者。画以纸为底，中国园林以素壁为背景，粉墙花影，宛若图画。叠山家张涟能"以意创为假山，以营丘、北苑、大痴、黄鹤画法为之，峰壑湍濑，曲折平远，经营惨淡，巧夺化工"，已足够说明问题了。

1982年1月

呼吁：斧斤不入山林

新春伊始，照理我不应该说这些话，使一些爱好盆景的朋友不愉快。但事关我国的自然美景，因此我又不能缄口无言。在我们的社会里，凡是遇到自认为不好的倾向，就不妨披肝沥胆地提出来讨论一番，即使说得不对，也解除了他心中的疙瘩，认识得以端正了。

近年来我国盆景的蓬勃发展，人们爱好自然的美德，确实表现了出我们是个有文化的国家。作为从事园林工作的我，由衷地感到鼓舞与高兴。但是任何事物如果没有一定的制约，听其蔓延，也可能走向反面。现在好像是有那么一点"全民"搞盆景的势头，大家挖山上的老树桩，花木公司、盆景公司、园林处，专业的、业余的，连住在山间的疗养人员，亦常常荷锄入山，众手齐动。苏州、无锡、洞庭东西山等，每天不知有多少人在挖，一挖就是十几个桩，拿回家去，能够成活的要打个折扣，能够成品又要打个折扣，而山间的树木却受到了严重的破坏，这比任意砍柴还要厉害，因为砍柴不去根，春来还发青呢！

［宋元］佚名《宋元集绘册·盆花》

据无锡的朋友说，惠山再不封山，只好永远是光秃秃的；太湖疗养院四周的山上，不见树根，但见土穴，这样下去，风景区如何能还我自然、青葱一片呢？

又听说有些地方如今又要用玲珑之石来加工做盆景了，如此则那些风景区的名峰佳石，又要遭难了。我前些时到江西萍乡看了一个名叫孽龙洞的溶洞，太美丽了。可是还没有开放，已经有人不远千里去采石了，将玲珑剔透的钟乳石打得百孔千疮，据闻是拿去做盆景的，还闻说是外地有些单位专门派人来打了，运回去布置自己地区的山洞的，这就不怕缺德吗？

我今天提出这个问题，是想引起一些人的重视，不要杀鸡取蛋、顾此失彼，要从全局来看问题。管理风景和园林的部门，要赶快订出保护的条例，永葆青山如黛，佳木葱茏！

1983 年 2 月

养花见性情

"看花"两字,多么令人喜爱与陶醉,难得浮生半日闲,有这样的片段时刻,去和花花草草亲近一下,我是一年难有一天。我爱兰花,可是花期一到,往往负笈远行了,及至归来已是零落残英,看花又是明年。虽然对我来讲,是终年与园林打交道的人,为什么有此"牢骚"呢?这其中包括了两个字:"忙"与"爱"。自己培养的花看不到开放,不无有些怨意,到外地去虽然也能看到花,但毕竟是那么的暂时,在情感上,没有我阶前的几盆极平凡的花草来得亲切啊!我每当回家,第一件事就是俯身去吻它们一下,"泪眼问花花不语",当然不至如此深情,问寒问暖,小心抚摸,多少也尽了一点人情吧!

爱花最能看出一个人的个性来,人家问我,你养花草为什么都是赏叶为主,很难得看到花。墙角的芭蕉,阶下的书带草,窗前的修竹,盆中的幽兰、菖蒲,乃至长在石上的碧苔,都是终年青青,我在这些雅淡无华、洁身自好的植物身上,发现了它们的"内美"。屈原早在

［清］黄慎《观花老人图》

［清］佚名《国朝名绘册》（局部）

《楚辞》上有"纷吾既有此内美兮"的名句，这正是我国在造园学上与植物欣赏上的高超的主导思想。它代表了我们民族的特性：高尚、纯洁。

小时候在家中读书，古老的房子，在书斋前多少有些野草，石板的阶沿上点缀着一些苍苔，口中朗诵着"苔痕上阶绿，草色入帘青"的古文，虽然不十分理解，但总觉得是美。我们家乡的老一辈欢喜养苔，在玲珑或顽朴的石上长着翠绿的青苔，养在白瓷的水盆中，太可爱了。它能清目、澄思，使精神引入定静慧的境界，这当中有生命、有智慧，有美丽的图画、微妙的构思，是书生案头不可缺少的清供。如今人们往往以仙人球等块形植物，来代替这种"水石交融""静中寓动"的苔石小景，我总感到人的赏美观念在变了，已经渐渐趋于简单的思维。蕴藉含蓄似乎抵不住"实惠"二字的庸俗人生哲学。

现在人们搜求奇花异卉，正如富翁们贪爱珍珠宝石一般。玩物丧志，还知道一个"玩"字，现在已到见物论价的商业积习了。甚至开口便说在香港可卖多少多少。本来怡情养性，如今见花思财，事实又转向反面了。我近来最怕邀我参观盆景园，人说是乐事，我言是痛苦。我虽没有龚定庵的那种解放病梅的勇气，但我第一感到不舒服的，是那种成百成千的盆景在大园林中放在一起，成千上万的人在旁边"拉练"排队，一掠而过。孤赏的盆栽，像放在堆栈里的货物，我曾讥为"宛如鸡鸭上菜场"。老实说，我是匆匆而来，匆匆而去，什么也看不到，更休说"品"与"赏"了。盆景要人看，却弄得无人看，一下子走过了场,不是枉抛心力吗?其次在这许多老桩前,我痛苦地想到了它们的背面,"一将功成万骨枯",要挖了多少山上的老根,才得此一盆"珍品",为什么近年来到处挖老根蔚然成风,而封山育林却在许多风景区视若无睹呢?我希望不要吃老本,该立点新功。盆栽的花木,茁壮的繁花,固然是人们喜爱的;但那些长绿的,不名贵的,我所喜爱的那些卑微的东西,对改善环境、增加绿意,也默默地贡献了不可小觑的力量。我是由爱而成怨,近来对破坏真山堆假山,断绝泉脉造喷水池,不注意自然栽植做老桩盆景,感情上总是不舒服。我们天天在大喊大叫,绿化就是文化,但在事物发展中,有时会出现表面上看是有文化,而实际是无文化的不健康倾向,这是值得我们深思的。

1983 年 5 月

年来不爱看名花

我在自山东南归的餐车中，见到桌上放着的那盆花，将残了，因为饭还没有送来，我独自望着残英，耳中是奔驰的车轮声，窗外已是午阴嘉树清圆，初夏天气了。一度春来，一番花褪，一些惆怅，流光就是这样悄悄地过去了。花开花谢，朱颜白发，在这漫长而又迅速的人生道路上，各人都走过了他应走的路。

但是任何人对着残花，心情总没有对将开的蓓蕾来得舒畅，从盛到衰是痛苦的，"残花中酒，又是去年病"，感触当然是深的。花原是美丽的东西，但到头来予人还是惆怅。因此我近年来就不爱看花，只爱看长绿草，它们的身上有平凡的美德，有相对的永恒与稳定，没有富贵与贫贱，没有盛与衰，没有得意与失意，没有……我不爱看玫瑰花馥郁美丽中有刺，我尤其不喜欢仙人球之类的肉类植物，人家说它花开得好看，我却讨厌那种比玫瑰花更凶暴的满身长刺，狰狞的微笑、带刺的妖艳，连一点香味也没有，正象征人间最阴险的世态。我原是个爱花成癖的人，随着年事的增长，看尽了种种世间相，怕受到这样那样的无名肿毒，更怕刺，怕刺痛了我的心，怕不知不觉刺伤了我的残躯。玫瑰花的绰约芳姿，仙人球的丰满神态，多美丽啊！然而它们有刺，我害怕。平淡的美，雅洁的美，清香的美，恬静的美，闲适的美，安贫的美，纯粹的美，无私的美，人们是渐渐地淡薄了、疏远了。繁花、艳色、浓香、狂欢、实惠，找刺激啊，求一时的痛快，满一己之私欲，似乎已成为一种追求的倾向。因此一枝一叶一花一草，引不起人们的兴味，一泓清水，已抵不过丈二高的喷水龙头。而公园里的电气化设施，已破坏了整个园林的静境，为什么游艺场却做了园林的主人？

今天看到报上有一张"山林新貌"，画家在雄伟肃穆的泰山上，画出了欲与天公试比高的电杆，挂着灯笼般的缆车，惊险极了，说貌是"新"了，但景却破了。我很不理解这位画家，他的审美观在哪里？泰山之美就是这"新貌"吗？"还我自然"已成了今日建设风景区的重要因素，"整旧如旧"原是修复名胜古迹的关键问题。如果能在这方面下功夫，就是"新"字上下了功夫。将破损的恢复过来，就是标识出我们社会主义事业的新面貌。庸俗地理解风景区的新貌，似乎值得商榷的了，我欲无言，而又已言了。

"生之者众，食之者寡。"这是古之名训。最近报上出现了什么名龟展览会，老实说我是个爱龟者，我敬佩它忠厚的性格、静如处女的智谋、量大能忍的美德，沉着的、机警的战略战术，而且又有平心静气的修养，更能善于缩身而享高寿。如今要请这位长者出来"亮相"开展览会，自是好事，我不反对，但是这么一来又要如山上的老树桩一样，全民动员，沦入"贵门"，将彻底破产了。龟的繁殖并不太容易，以天然为主，万一如树桩一样，万民空巷钓金龟，恐名种绝灭之日，为期无多了。常熟绿毛龟如今已面临危机了，因为虞山保护不周，生态受到破坏，泉涸流干，越来越少了，得之已如麟凤。切望大家对珍异生物的保护，提到重要的日程上来。杞人忧天，我又做了这不识时务的呼吁了。

1983年9月

"大"与"小"

最近我参加了苏州市城市总体规划鉴定会,三年不到吴门,居然小住十日,群贤毕至!畅叙终日,并有机会遍游了名胜园林,使我在这文化名城中想得很多。

苏州处于水乡江南,是"水巷小桥通"的水巷城,"糯"与"小"形成了它的特征,吴音软语,甜得使人陶醉,小河、小港、小桥、小巷,粉墙黛瓦,花影衣香,都是勾勒出苏州这古老文化名城的重要组成部分。但是如今渐渐忽略了这些。小与大的关系,没有得到辩证的处理,使这古老的城市弄得人挤车多,交通阻塞,小大失调,不是小中见大,而是大中见小了。

本来小与大是相对的,有小才能有大,有大才能见小。我们开会住在苏州饭店,这样一座高层大宾馆,在苏州,确是现代化的产物,正如佛殿中装上了空调机,算得"摩登"了。人们从这座大宾馆出来,乘着大型的旅游车,转入间壁的网师园。相比之下,这网师园顿觉是个弹丸之地,小得不足观了,苏州园林的味儿已早去了一半。

马路上的交通秩序，取决于管理，苏州因为不恰当地在城内建了二百多个工厂，工厂的卡车在路上横行直冲。而旅游部门的巨型客车，无异旧时三十六人抬的龙杠棺材，大而无当、行动迟钝，两车相遇，亲热非常，小聚片刻，"难舍难分"。本来这种大客车在国外用于郊区公路，如今却用在市区的较小通道上，真是蠢然大物，进退维谷，造成交通的阻塞与拥挤，值得我们改革。造园有句话叫"得体"，这种车辆实在太不"得体"了。

什么叫懂得科学，就是要善于分析。人行道主要是便利行人的，而自来水公司居然在人行道上堆假山成大型水石盆景二座，这又何必？在人口稠密的市区搞建设，千万不要逞英雄，免得影响别人，又给自己造成累赘。

苏州园林是以精巧见长，过去只是容少量人游览，如今成千上万的人进入园中，小园林变成大公园，小假山有如大看台。像这些，如果不加以严格的管理，单纯以门票收入的经济观点出发，恐怕园毁在日矣。

天平、灵岩是风景区，但十年来一个个小小的骨灰墓，因为其数以千万计，整个风景区，很大面积已变成了死人"新村"。探亲的人，为数着实可观，因为我既无眷，又无亲，所以产生大煞风景怨言，而春游交通大大地为这些探亲的人所干扰。活人要紧，死人要紧？我有些想不通。我在山麓下新修葺好的一座高义园内，坐着沉思了很久，怎么办？

苏州市这几年在风景名胜方面是做出了可喜的成绩，但前进的道路上，必然有不足之处，亦是正常的，知无不言，写了这些杂感，借此学点辩证法而已。

1983 年 5 月

画中求画　不如画外求画

板桥诗云："要知画法通书法，兰竹如同草隶然。"这说明了学画兰竹，必须学习书法的隶草。而板桥自己的兰竹，亦是从隶草上下功夫得来的。近年来年轻一代画家，画兰竹的人少了，这事要引起注意与重视。因为这表明了作者对传统的学画训练之基础——书法，比较疏远了。我们古代与老一辈的画家，几乎没有不在兰竹上下过功夫的，石涛、郑板桥、任伯年、吴昌硕、张大千、吴湖帆等等莫不如是。因为笔和墨丝毫不能苟且与含糊，而书法则是笔墨技巧的基本功，能体现中国画的特征。

中国画讲笔墨意境，指的是画外有意境、弦外有音，蕴藉耐看，含蓄有味。正如中国的文学、戏剧一样，有其共通的民族风格。一个高超的画家，他的知识面是多方面的。即使在创作上表现了一个方面或者一个题材，但是其营养来源，并不是单方面的，往往得于此而发于彼。吴昌硕以石鼓笔法作画，齐白石以秦权笔法作画，虽皆为大笔写意，源同而流异，各自成派。弘一法师书画渗透佛教思想，故望之清净如不食人间烟火。它如诗

[清]吴昌硕《竹图立轴》

人之画、金石家之画等等，都有其独特笔墨与意境。形成这些特征，其关键在于具有文化修养。

我对画有这样的看法，画约可分三类：（一）摹画，（二）画画，（三）写画。（一）摹画。如果一张画，画得同古人一样，那就叫临摹。今日有科学的复制品，那又何必劳你的手工，去做机械人呢？（二）画画。就是实物有多少，画多少，老老实实，一丝不遗。那又何必呢？今日有五彩照相，比你还要迅速。似乎不必少慢差费。（三）写画。画贵有"我"，通过我的思想和手，写出我的感情与意境，物景与我相交融，这才是真正的画。我曾说过画贵有我，无我才有我；如果一个画家画画当成商品急于出售，讨好买主，有的甚至急于招徕，哗众取宠，这样就无我了。如果能去其杂念，任情挥洒，其作品必有个性，亦即有我存在。画是作者个性的表现，如果能看到这一点，其作品自能有一定的成就。

我希望年轻的画家们，"养其膏而希其实，膏之沃者其叶茂，仁义之人，其言蔼如也"。如果要成为一个国画家，画出好作品，应在文学、金石、戏曲、园林、书法、音乐、哲学诸方面多涉猎、多苦练，一旦豁然贯通，作品自入新境。为学之道，如是而已。

1980 年春

从重修豫园湖心亭说起

上海豫园前有一大池，池中有座湖心亭，前后以九曲桥贯之，这是名闻中外的上海城隍庙名胜之一。它已被列为上海市市级文物保护单位，并不是一座普通茶楼。当茶楼用，那是商业部门占用了文物建筑，这与文物政策不相符合。此类情况在当今旅游风景区常常遇到，颇希望各有关部门能遵守国务院文物法令办事，为发展旅游事业作出贡献。湖心亭原是豫园中的一部分，解放前豫园分割了，湖心亭原来的明代曲桥改建成了水泥的九曲桥，那座轻浮水面、亭亭玉立的湖心亭"古为今用"开起茶馆来了，因为营业发达，由一座四角方亭，扩大了两翼，再向后伸了一个大尾巴，形成了一座不伦不类的怪建筑。数典忘祖，一般人也不识其真面目。如今湖心亭因年久失修，负重过大，元气已伤，现在正动工重修，这是好事。我因应邀参与其事，就想借此谈谈管见。"亭者，停也"，是给旅游人小憩暂停的地方，同时又是个风景观赏点，不能破坏原有形式。最近我在《人民画报》第四期《廊亭桥》一文中谈了这个问题，它不是售货亭、

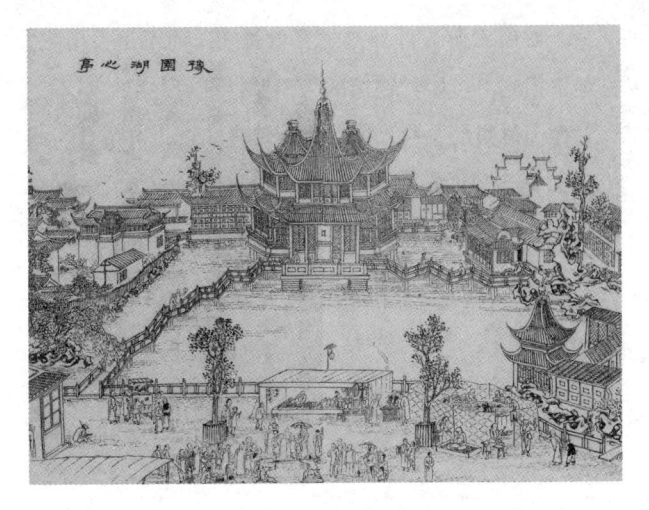

[清]吴友如《申江胜景图》（局部）

茶室，不容少数人很长时间占用着，其理自明。亭多数是剔透玲珑、重檐飞角，有的轻盈地浮在波光涟漪上，点缀了风景。游客可以在亭中观赏别处风景，同时亭子本身也是一个从别处去看它的风景点。今后的豫园，从长远规划来看，湖心亭是要归入豫园范围内的，何况又是一个文物保护单位，因此在修建中，对于那后人强加于古建筑上的东西，是应予拆除，使其得到解放而还其青春的。风景区的天然景物与文物是旅游中的主要组成部分。发展旅游与商业，是要依赖它，而不是占用它，甚至毁损它，正如博物馆的大铜鼎供参观之用，而不是将它作为烧饭的工具。这种道理早已明白，可是有的单位，本位主义严重，一些问题至今得不到解决，所以我想借豫园湖心亭的重修，来说明在发展旅游事业中存在的矛盾，希望大家多学点辩证法，从全局观点看问题，什么事都好办了。

贝聿铭与香山饭店

是一个初夏的时节,松林葱郁,榴花绚烂,我住在旧香山饭店两个月。那是1959年的事了,我安静地在这山间编《中国建筑史》,清晨傍晚都要上山顶"鬼见愁"去下瞰全景。可是向我们的住所一望,真是杂乱、颓败,那一排排的简陋平房,实在与香山风景不相称。因为这旧饭店原是当年国务总理熊希龄退休后,与他新夫人毛彦文所办的香山慈幼院院址,根本不是留客、休养之所。它总有一天要改建的。我常常这样想。

1978年冬,贝聿铭先生从美国到上海来访我,谈了许多中国园林与民居问题,又看了许多苏扬等地的园林民居而归。接着我因为筹建纽约中国庭园"明轩"去美国,在他家又继续讨论这个问题。他兴趣真浓啊!我返国后次年4月,他又约我到北京,告诉我他正在设计香山饭店,要试图以中国民族形式来表现。于是同上香山,从地形、建筑位置、庭园设想,以及树木保存等,都做了细致的分析与研究,方才知道前些时间他早在为设计香山饭店作长期准备了。

"一别重来廿五年，香山秋色倍增妍，须知'补笔'难于画，不信前贤胜后贤。"这是10月17日在香山饭店开幕式上颂诗五首之一。"重来廿五年"即是指1959年的事了。因为当时住得较久，亦看得较清楚。这次再到，香山依旧、景色增妍，贝先生几乎花了半天时间陪我参观，又很谦虚地与我商量，希望庭园装点得更精致一些。我们同吃了午饭，一起会见了记者们。记者问我："你对香山饭店，从建筑角度来说有什么看法？"我说："雅洁明静，得清新之致。"正如宋人的一首词，是那么的耐人寻味。贝先生笑着说："陈兄，你概括得真好，你坐在我旁实在好极了。"引起了大家的笑声。

近年来有人对建筑，仿佛高层是个最节约、最现代化的，贝先生对此和我谈得很多，他对这样简单的看法是不赞同的，因此他在香山饭店的设计上试图阐述他的园林化的旅游建筑观点。我是搞建筑教学与理论研究的，可以说风量区的建筑总希望"宜隐不宜显，宜散不宜聚，宜低不宜高，宜麓（山麓）不宜顶……"（见拙著《说园》）。但是做起来那真不简单，既要因地制宜，又要符合现代化功能，更须有民族风格和艺术效果……这样那样都要表现在一座建筑物上，使人可以住、可以游、可以观、可以想。它要有诗境的恬适，画境的悠闲。我说香山饭店做到了，是在于可以留客，这是重在"留"字，它不是暂作栖身住一天的客舍。

"相看好处无一言。"人的思想感情到了这个程度是默化了。在香山的几天我总在想，我也算到过欧美的人，国内也算跑得多了，然而我没有住下能使我无"客情"的旅馆和饭店，这山间的几日小住，使我不想作诗而写下了不少诗篇，我那句"老来清福何曾减，我住香山第一人"，博得了人人赞美，我也引以为豪。我更充分表达了我与贝先生，及负责香山饭店建造的郑介初先生的友谊情分。"择境殊择交，厌直不厌曲。"这两句话可为贝先生做人与设计做写照，他在和人的交往上，是那么开朗爽直，我们之间有很深的友谊，就是没有存在着任何的隔阂。可是他的设计呢？又在曲字上下尽功夫，以香山饭店而论，它的选境真是群峰怀抱、一水中分、秋叶若醉、溪山如画，而古老的流杯亭遗址，又保存得何等巧妙，如果上巳清明，我们仿晋代王羲之兰亭修禊故事，在亭中列坐其次，流杯以饮，则何等的风雅啊！玉楼回抱，高低参差，小院错落，穿插妥帖，人临其间，往往迷途，一个风景区的建筑就是要具备这种变幻巧妙的手法。花厅的环楼，如果厅中演戏的话，那四周岂不是最好的听歌之处吗？这是中国传统园林剧厅的运用，不意于此得之。中国园林讲"借景""对景",注重"隔"的一些处理,贝先生几乎都用上了,它的效果是"空灵"。"空灵"二字是中国艺术上最高的境界,如果人不亲临其境是无法体会的,所以宋代欧阳修有句话:"宜其览者自得之。"尤其四时之景无不可爱,朝夕之情,分明不同。中国古代园林,有张灯的盛会来观赏夜景,贝先生在香山饭店庭园中也添置了灯的设施,这些灯是见光不见灯,而建筑物上又见其灯而淡其光,这样山影、水影、灯影、花影、帘影、人影虚实交错,无异古画中的"仙山楼阁",这些又岂匆匆一游所能享受到的?

唐代王勃登滕王阁,兴来作赋,有"物华天宝,人杰地灵"之句,我来香山有此同感。但愿明年春日,与贝、郑二先生重临其地,再作清游。"花下忘归因美酒,樽前劝饮是春风。"想来又是另一番佳景了。

湖上流风说画师

照相术尚未传入我国之时，画家为生人写照，为逝者绘神像（遗容），而于已死者，对遗体绘容则名之劈帛（揭帛）。其未能在生前死时绘得者，则画家出已绘就之面容图，由家属选择增损之，或就其子女之貌拼凑损益以成。归有光《先妣事略》一文中有"'鼻之上画有光，鼻之下画大姊。'以二子肖母也"，可证。清季杭州绘容以王馥生为最名于时。王山阴（绍兴）人，画法师费晓楼（丹旭）。费为道光咸丰时仕女肖像画之巨手，吴兴人，久客余外家硖石蒋氏，故当时蒋氏之神像几全出费手，曾为蒋生沐（光煦）绘一长卷，中坐者为张叔未（廷济），侍者为其侄辛之。辛之工铁笔，以刻米芾《群玉堂帖》著世（残石存海宁文化馆），立者为生沐子，极精妙，今藏浙江博物馆[①]。传其术者为蒋昕甫、张洪九、潘稚声、王馥生等，其中以王为尤者，蒋、张居硖石，潘居嘉兴，王则在杭州。以时间论张为最迟。王馥生三子，

---

① 即清代费丹旭《果园感旧图》。——编者注

竹人、菊人、杰人，竹人名云，画极似乃父，唯腕力稍逊，菊人画与兄仿佛，杰人亦能画，但以刻竹名世。予二十余岁假日返里必奉手于竹人先生，其时已逾古稀之年矣，银须飘然，人极敦厚，倾交谈艺，语简而要，尝告余曰："作画必墨底用足，不必仗色彩之力，无墨底之踏实，色彩用之徒然也。"斯语诚能者经验之谈，受益至深。故其写人像必以墨绘成，上施淡彩，奕奕如生，几世悬挂，形色不变也。其绘图用具极精，洗涤无尘，所用之墨必小锭顶烟，以小锭墨细、质精、胶轻，用端砚匀磨，墨彩生辉，石绿石青朱砂等皆自制，和以清胶，坊间所制远不及也。又善盆栽，菖蒲、篁竹，尤为突出，堪称妙品。曾见其菖蒲施肥用鼠粪，谓需轻肥也，试之果叶翠而有光，映我几案。复于棕干挖空植菖蒲，棕干外滋碧苔，映于水盆中，青翠欲滴，至今念及，其沁人心脾之感，犹历历如在目前也。平时上午作画，老而弥坚，午睡后则饮于酒楼，兴尽而归。中年居大方伯（今解放路）遭回禄失所藏，晚岁居山子巷。有小孙名云孙，尚垂髫学画于乃祖。二十至三十年代又有冯悦轩者设画室于杭州珠宝巷，画像亦能有佳作，唯略多市气。

余少时见前辈作画，其能从容、审慎、周到创作者，武劼斋（曾保）先生之印象极深，四十余年来，犹受用无穷。武先生杭州人，久客淮安，晚归湖上，居横河桥小河下，为清书家王梦楼（文治）故宅，操淮安音，画师扬州八怪，其粗笔老而益劲，工隶书，以隶意写画，饶金石之气。余见之时已七十余高龄，体甚衰。其作画，必清晨，如绘巨幅，先以素笺张壁，卧藤榻上，审视之；孙辈为其磨墨，墨酣，挥毫先写干，干成复张壁间，又卧榻养神。精力好，则复起点花，否则留之次日为之。必全神以注出之。而于画之收尾，若细笔钩蕊，焦墨点干，则丝毫不苟，千钧运笔，万马齐奔，完整成章，盎然生意矣。所谓用接气之法，化零为整也。尝见其绘二枯蓬，用汁绿写之，俟略干以焦墨钩点园草，其浓淡之对比，笔力之苍劲，动人心魂。题诗云："形容殊不尽，奈此老人何；饶有清新气，饱餐风露多。"诗亦有真趣。余谓吴昌硕以石鼓书入画，齐白石以秦权作画，武先生则以隶书为之，可称鼎足。但武氏名未能相并，惜哉！回思少年侍几席，宛若目前，今余亦垂垂老矣。

1980 年春

俞平伯与曲园

2月7日,《夜光杯》陆上草同志写了一篇《俞平伯与曲园灯夕》,阅后使我回忆起了不少俞先生与曲园之事,我想也是读者所乐闻的吧!

俞樾(曲园)在清光绪初建苏州曲园于马医科巷,因地形为曲形,与篆文曲字相似,故名"曲园"。其中凿一凹形之小池,又与篆文相似,命其亭为"曲水亭"。此用中国文字字形之美,作为设计之主导思想而构思成园。俞平伯先生为曲园老人曾孙,久居北京,念故园,要我写曲园芙蓉折枝。后来他赋诗为报:"丹青为写故园花,风露愁心恰似他。闻道曲池甃井矣,一枝留梦到天涯。"真红学家之笔也。

曲园已废颓,前几年苏州市召开城市总体规划会议,我在大会中提出修复曲园事,蒙采纳。接着叶圣陶、俞平伯及已故的顾颉刚等诸老又正式向国家园林局提出,叶老还在《苏州日报》有专文倡议。因曲园老人是清末大学者,当时享有国际声誉,章太炎即为其著名大弟子。汪东、黄侃等为再传门人。其学派至今在国内外还起着

[清] 俞樾《隶书七言联》

影响。曲园老人手书寒山寺碑，拓本几为外宾到苏州所必购之物。

最近听说苏州市对曲园将要修复了，平伯先生闻此消息来函说："小园（曲园）如能修复，庶先人遗迹不泯，生平之愿已足……"叶圣陶老先生来信也谈到曲园，他说："曲园修复有望……闻之皆深喜。"俞老今年八十一岁，叶老今年八十七岁，高年还眷眷于曲园的修复事。

平伯先生夫人许宝驯年事稍长于他，能度曲，长诗文、绘画。俞著《古槐书屋词》为宝驯夫人手书影印者。将出版的我那本《书带集》，俞老在为我写的序上又提到了曲园："……名以'书带'者，盖取义于书带草云。此草江南庭院中多有之，傍砌沿阶，因风披拂，楚楚有致。予买下废园（曲园）亦曾栽之。"平伯先生十六岁离开苏州到北京上学，垂老之年，见面总同我谈到曲园，如今曲园修复在望，我已约好这一对老夫妇再南下同叙旧园一乐。

1981 年 2 月

师谊　友谊
——观梅景书屋师生画展

8月5日下午，我们在辞书出版社开《中国美术辞典》编委会会议，当时适逢梅景书屋师生画展开幕，会议结束，我与沈柔坚、邵洛羊、谢稚柳等诸位急急忙忙地赶去。展览会上呈现了一片热闹的景象，中外观众真是高朋满座。

梅景书屋是已故名画家吴湖帆先生书斋名，这次展出了师生的很多精品，当然吴先生的画是"不薄今人爱古人"，在继承的雄厚基础上，又有了他自己的风格，他的画是有画境、词境以及笔墨境（重书法、墨法），有文化味，时人已有公论，我暂不涉及了。可是我在参观中，却深深地体会了画外的一些事，感触与回忆很多，心中一直屡屡难平，窗外"高柳晚蝉"（宋人词），其境界又与吴先生画仿佛似之，触景生情，写点我所想的吧！

展览会是吴先生的学生们所办。吴先生门人遍中外，最近从美国来华的开山弟子王季迁画家，就是创议人之一。其他如北京的徐邦达，上海的俞子才等，如今都已成为名鉴赏家、画家。他们对这位已故的老师，始终怀着深厚的师谊，花了很大的努力搜集了这许多遗作，今日有系统地公诸于世，确是不容易的事，从前有人说为人整理遗著，有如检埋白骨，功德无量，是件了不起的好事。我走进展览馆后，我的感觉倒是作品是其次，而师谊是第一，我在这里看到了我中华民族的高贵品质，我们教育事业永垂不朽的实质所在。作为一个后辈来说，我首先向吴先生遗像致了礼。三十五年前第一次见面的景象又涌现心头。

我初次见到吴先生是在张师大千的大风堂画室中，地点是在李秋君画家家里。我对吴先生执了后辈之礼后，听他们二位畅谈画论，那时稚柳先生亦在座，时间谈得较晚，大家毫无倦意。这次画展我与稚柳先生一起去，车中他亦谈起了许多不连续的片段的朋友间的往事，大家既兴奋又有些沉痛。张师与吴先生他们之间既是朋友，又互相切磋着，没有门户之见，大家尊重。我记得过了几天，我在张师画室中，稚柳先生随便为我画了张墨笔花鸟扇面，背后张师为我写了吴先生临石涛"烂石堆云"山水卷的一首词《西江月》，扇子虽早没有了，但词我尚能背得，其中有两句："海上微言适我，江南画手推君。"那时北方齐白石老人健在，张师对吴先生是钦佩的，但对老一辈还是尊重的，用了这两句的措辞，其实已是很高的推崇，用词是十分得体的。张老师画荷是专长，而吴先生写莲又独具风格，二人都有独特的成就，而他们之间还是在互相学习。记得张老师开画展，展出的那张金碧工笔荷花，价格最高。吴先生在开幕时第一个到会，首先订购了这画，在他的会客室中一直挂着。他们彼此尊重，互相探讨，"微言适我"写出了相见时的心情。

在展览会中遇到了不少几十年不见的朋友，有的已白发苍苍，有的也早过了中年。其中有吴先生的老友，有当日的青年画家，有那时为吴先生裱画的老华与老窦等裱画师。他俩现在在上海博物馆，已是全国达国际水平的名手。他们曾受过吴先生熏陶，也都一早来到展览厅。还有过去上海荣宝斋、九华堂、朵云轩的老职工，亦兴致勃勃来加入这观摩的行列。在这些人中，充满了可珍贵的人情和友谊。有的人是在搞书画买卖的业务中，自学学到了东西，后来吴先生又收作学生，再帮助他们提高。吴先生是爱才的，是善于相马的伯乐。这些，对我们教育工作者来说，是多可宝贵、多可效法的啊！

吴湖帆先生的这次遗作展出，不仅仅是个艺术展览会，也是个艺术界尊师益友、团结友爱的展出会。在提倡要有一个好的社会风尚的今天，有其很现实的教育意义。

1981 年 8 月 6 日

深情话颜老

颜文樑先生九十华诞，这是人瑞，是我们中国艺术教育界的一件喜事。作为后辈的我来讲，岂有不抒写心中的感受，用来祝贺老者呢？颜先生是一位能以德感人、身教言教，使受其教者终生难忘的长者。我分明地记得，那时颜先生主持苏州美专本部与沪上分校两处。一所私立的高等学校，全仗他一人筹募经费，聘请教师，负责校务，亲自任课。如果没有毕生致力于教育的毅力，爱校若命的精神，那是很难办到的事。他数十年如一日，造就了大量的人才，真是不容易的事。颜先生平易近人，爱才、容才、用才，三者皆能运用得那样妥帖，使人仰慕他，尊敬他为老师，主要在于他的高洁的品格，足以感化人们。回忆我到苏州美专上海分校任课时，我还是一个三十刚出头的青年，蒙颜先生的垂青，聘我为该校副教授，主讲中国美术史。那时班上的学生，今天已成为名画家的杨之光同志，便是出众的一位。虽然学校经济不充裕，一切皆甚简陋，但在颜先生精神的感化下，大家教学很认真，到今天我还常常回忆起那时经验之乐。

我见到颜先生仍然热情关怀着后辈，而他那种和蔼慈祥的容颜，总是在启示着我，要认真搞好教育工作，要敦品立身。有时虽与颜老相见片刻，却难舍依恋孺慕之情。虽然我也已是上了年纪的人，但在颜先生面前，我还是个小学生呢！

当年的学校，学期结束时，颜先生按例要招待教师一番。他那谦恭的态度，代表学校向我们致谢，还自己掏腰包准备了一些花生、瓜子与苏州糖果茶食，开一个感情极为融洽的小会。因为学校经费不足，我们的薪金发不出，颜先生对我们说："很对不起，你们的薪金不能按聘书发了，只能够送少量的车马费。"他那双老眼中发出了一种无法描绘的表情，我看到很是不忍。而我们的心中呢？并不是为了拿不到十足的薪金而抱怨，却对他那种为艺术教育所受的困境而难过。在颜先生以身作则的行为感动下，我们一致表示照颜先生的盼咐办，没有异议，请他老人家不要心中过意不去。空气仍是那么的平静，大家心情还是那么的舒畅，感到我们的事业是对人民有益的。这是1950年的事，上海刚解放，距今已三十多年了，记忆犹新，每以此告人。想颜先生可能已忘却了，但他的高洁的思想和行为至今还感动着我们。

1982 年

一位学识渊博的鉴赏家
——记顾公硕先生

我参加苏州市城市总体规划鉴定会时,《苏州报》提出要我写一点"我与苏州"。三十多年来,我的确是与苏州结成了深厚的友谊。在叙写这种友谊时,总要想起苏州的许多老朋友,虽然他们已作为天上的神仙,但在我握笔要写时,第一个浮在脑间的就是顾公硕先生——一位学识渊博的鉴赏家。

我与顾先生是亲戚,他的大媳是我介绍的,是我妻子的侄女。当那件亲事成功时,他恭恭敬敬地拿着一包聘礼,很亲切地交给我,要我送到女方。后来又画了一张仕女扇面送给我,作为"谢媒",如今可惜这扇面与他一样不在人间了。回忆解放后到苏州,他第一个设宴招待我,还邀请了苏州大学的程有庆教授来,程老是我的老同事。另一位是建筑大师贝聿铭先生的叔祖晋眉先生,晋眉与我同婿于蒋氏,他夫人是我妻子的姐姐。这位老昆曲前辈,那晚酒阑,他撇笛,我唱了一折《牡丹亭》的《游园》。而最难忘的,是顾先生方才从洞庭东山归,他拿出一张杨湾轩辕宫的照片，我一看惊喜交集，初步鉴定可能是元代建筑。不久我上了杨湾，果然不错。我写下了鉴定报告，刊登在《文物》月刊，后作为全省重点文物保护单位直到今天。自此东山景物又添一色。顾先生是苏州望族，怡园是他曾祖子山先生所建，他知道苏州的掌故、旧事很多。我当时在兼苏南工专建筑一系的课，每周到苏州来，星期六的晚上，就是我们畅谈之夕，我的那本《苏州旧住宅》的书就是在他指引下，调查研究所得的成果。这书今日已成为研究苏州旧住宅与小庭院的珍贵实录了。

顾先生祖父名承，字乐泉，是实际主持规划经营怡园者，他父亲鹤逸先生，是位有名的画家，吴门画派的殿军。我很希望苏州的国画界能对他的作品进行研究。顾先生承家学，写得一手好字，画得一手好画，但他从不以此炫人，总是说："我勿来事格。"表现得非常谦逊。书画鉴赏是他的独步。在研究工艺美术方面有其精辟之论，苏州桃花坞的年画，他曾下过很大的研究功夫，其他陶器、泥塑都有心得，偶尔哼几句昆曲，亦觉逸趣横生。我在他的书斋里可以盘桓竟夕，天南海北、从古到今，无所不谈。苏州的家具闻名中外，在这方面，顾先生搜集了许多资料，他爱摄影，用照片记录下各式木器。他家好像个小博物馆,后来他出任苏州博物馆副馆长,再恰当也没有了。从顾先生的家世讲,与其说他是"大少爷",倒不如说他是书生来得对。他外表很"糯",没有脾气,对看不上眼的事,总是说上一句"闹大笑话哉",其他就不说了。我没有看见过他发脾气,是那么的温文尔雅。但另一方面常常说"士不可辱",他疾恶如仇,是一位外柔内刚的人。"文化大革命"开始不久,1966年的秋天,从苏州传来消息,说顾先生辞世了。那天因他次子笃璜关系,"造反派"去抄了他的家,要他跪下,这种无礼的行动,挫伤了他的自尊心。可是他还很礼貌地送走了抄家的人,自己却从来没有这样的打扮——短裤背心,悄悄地在黑夜中出了胥门,在不到虎丘的河中自尽了,他不愿再次受辱而结束了六十几年的生命。我听到这个消息后,黯然泪下,很为他可惜。顾先生平时所说的"士不可辱",正是他一生人格的表现,不愧为一个正直高尚的人。

解放后,顾先生与我都是苏州市文管会的成员,他是委员,我是顾问,如今只剩下谢孝思先生与我两人,其他已相继凋零。我每到朱家园他的故宅,在过桥时总是别有一番滋味,"伤心桥下春波绿,曾是惊鸿照影来"。我想得很多。

1983 年 4 月

雪窗遥祝叶老寿

清晨，窗外是白茫茫的，知道昨夜下了一次早雪，现在还继续地在纷披着，村居素裹、玉树琼枝，该是何等的富有诗意啊！触景生情，尤其门前的几丛书带草，上面罩了白雪，一球一球，像个狮子，柔和莹洁，怪可爱的。它勾起我五六十年前的回忆，这正是旧时老家庭前的小景，妈妈在这种情况下，总是要说"雪花儿飘飘，菜花儿下年糕"，这是我们浙江入冬令的美馔啊，简朴入味，而母亲的那种慈祥亲切的声音，当我十六岁时，永远听不到了，她离开了我，一去不复返了。五十年漫长的半个世纪中，我每逢像今天这样的天气，必流露出缠绵难忘的母子感情：她是在我少年时代去世的，未能享受我成长后能够尽到的子责，我再也听不到她的教诲，得不到她的关怀与温暖，这些在如今有母子相处的家庭中，不少人是难以体会的。

记得冰心曾经写过，当孩子初出生到世界上来，第一个认识的是母亲。这话讲得太深刻了。做母亲的，最爱的是子女，最了解的亦是子女，然而做子女的能易自己之心为母亲之心，那我相信这母子间的关系一定不会寻常了。我们对待长一辈，养育之恩是不能忘，那我们对他们应尽的赡养责任，岂可置之不顾呢？我不是提倡封建的"孝道"，但我要提倡社会主义的孝敬父母的新风尚。我每次在报上看到家庭中母子之间、婆媳之间的不正常现象，心中很是难受。对此我尽该谴责自己，我们的教育工作做得不到家，"五讲四美"的宣传还没有落实到每一个人。今天因见雪而想到我逝去的母亲，联系到眼前的一些社会上不太顺眼的事，握着冰冷的一管笔，抒写我久久想谈而未谈的感情。

北京叶圣陶老人，寄来他的《日记三抄》。当抗战胜利后，他扶老母自重庆乘木船东下，卷末写着："余此次东归，最可慰者，即侍母还沪，得与我妹见面，且一路无恙，有此可慰，一切辛苦足以抵偿矣。"母子之情何如也，此寥寥数语可见矣！老人九十大寿，儿子至善也已六十六岁，承欢堂中，有孺子之色，为父整理著作。最近老人签名赠我的《叶圣陶散文》就是这位老少年至善兄与弟弟至诚整理的，我在阅读中很多感慨，因为他与我同年，而我已是快五六十年无父无母的孩儿，他这种幸福是世界上最奇妙、最温存，每一个人都能体会的感情。写到此敬祝叶老先生健康长寿。至善兄天伦同乐，潭第生辉。因此在祝老人寿画的那幅竹上题上了郑板桥的这首诗:"新竹高于旧竹枝,全凭老干为扶持。明年再有新生者,十丈龙孙绕凤池。"看来也还得体吧!

1983年12月

童年的老师

年龄大了,看到了孙辈,常常从他的身上想到了自己的童年。我的外孙在小学念书,星期天上我家来,我见了他,仿佛我自己也回到了他的时代,我忘却了我们之间的辈分,将我的感情倒流到五十多年前去。他现在三年级了,我进小学念书,是从三年级开始的。我记得我在五岁向孔夫子叩了头,破蒙后,开始算是读书了,因为体弱多病,实际到八岁才入私塾。十岁的这年春天插班三年级。那是一所镇上的基督教会小学,校舍与设备也比较完备,与我家相隔一条河。可是去读书,却要走过三座桥,因此路远了一些,中午在学校午餐。我整天生活在学校中,我的那位级任女老师就时刻与我们在一起。她的音容,和女子独赋的那种温柔、慈爱,施之予我们这群天真无邪的小孩身上,这是宇宙间的伟大、人类的自豪,世界上再也不能磨灭的师生之爱,纯洁、高尚、晶莹得透明,看不出一点的尘埃。

由私塾的那种自清晨坐到傍晚的旧式教育,一旦进入新式的学校,仿佛到了另一世界,新奇、活泼。我们的级任老师姓叶，她们两姐妹，姐姐同学们称她为大叶先生，妹妹被称为小叶先生，妹妹担任二年级的级任。两姐妹是在同一所教会女中师范科毕业，毕业后便由我们的这所小学聘来，年龄在二十左右，淡蓝色的圆角上衣，下面衬着一条黑色裙子，冬装时围一块长围巾。那时正是大革命的一年，小孩们天天在唱："打倒列强，打倒列强，除军阀，除军阀，国民革命成功，国民革命成功，齐欢唱，齐欢唱。"镇上整批整批的革命军跑过，小孩子们太高兴了。我们对那些十几岁的小军人，看了他们身上背着枪、腰挂手榴弹，感到神奇、向往，心定不下，不好好回教室去。而老师呢？她抑制了热情，那么静娴、柔和的态度，将我们引入到课堂中去，开始以她那细致、周到、体贴，如牧羊人那样爱护小羔的心情来上我们的课。我们是从来没有见到她重语训我们一次，总是用尽各种各样的方法，循循善诱。她是严师，亦是慈母，温而厉，有如宗教家的那般感化人。今日回想起来，她是受了欧美的师范教育，同时亦是有着宗教信仰。在她的身上，就是教好我们这班孩子，是天赋之责。她没有怨，也没有恨。我们的成长，是她良心上唯一的安慰，得到灵魂深处的平安。我想如果她那时没有这样的品德，五十多年的我早也将她抛到九霄云外去了，师生之情，如同蚕作的茧那样，千丈万丈绕住这母体啊！我记得第一次学写信，是她教我们的。她要我们同学间互相通信，学校中有个同学办的小小邮局，轮流着做邮务员。

她指导得非常认真，信的格式如何、信封怎样写、信纸怎样折，都是与西洋的规格一样，不能有丝毫的不符规格。我是个信札比较多的人，垂老在书写时，还是浮起她的印象。我们平时对她的一举一动都很上心，虽然是小孩子，但是耳濡目染，随时注意着她。她的服装整洁、朴素，可是并不因没有浓妆而掩盖了少女的风韵。她对孩子们，不知道有怒颜厉色，但我们对她是不愿有所越规而使她不愉快。她外美与内美织成了如一朵白莲，受孩子们敬爱、学习，感化了每一个小小的心灵。她不迟到，不早退。她的办公桌上，同学们的作业放置得整整齐齐，毛笔、砚台、铅笔、小刀，都井然有序，而那花瓶中的几朵从校园中采来的草花，又安排得那般妥帖。雅洁的环境，是她学养的象征。后来我入中学、进大学，看见那些拥有的衔头比她大，更懂得怎样虚张声势，卖弄知识的教师、教授，可在德的方面，是无法与这位质朴无华，淡得如素云一样的小学教师可比的。

她每星期要上学生家来一次，我妈对她有如对我的姐姐那样，谈了我的学习、生活等外，再和我妈谈家常。

妈是位热情好客的人，总要备点点心招待她。她如我姐姐一样，没有虚伪的一套，愉快而大方地餐毕，带着轻松而天真的神情回校去，我妈与我送她出门，宛如我姐姐上学去那样。这样的老师与家长们融洽在一起，今日想来，这其中蕴藏着极神秘、极复杂，不是单纯的几条教条可以促成的教育境界。

她空闲下来喜欢弹琴，校园中传出她悠扬的琴声，我们总驻足静听，从窗帘中看她那种悠闲的神情。上课时教我们唱《麻雀与小孩》，我还记得"假如我不见了，我的母亲怎么样？"在音乐中，灌输了我爱动物的美德，我如今钟情小鸟，小动物，这些都是在那时不知不觉中所陶冶的。

童年的梦是一去不复返了，这位叶老师如今又不知天南地北所向何方了。那时的学生，如今也满头白发，还在昏灯之下，追忆着，沉思着，有如山谷中的泉水，这感情是永远流不尽的。一个人不论地位高低，只要你能真心诚意地待人，像我这样一个已逝去五十多年年华的小同学，我还未能忘情。生的伟大，教育事业的光荣；误人子弟，还是乐育英才，是泾渭分明了。

1983 年 5 月

怀念建筑家黄作燊教授

我的朋友黄作燊教授,逝世已整整七年多了。我每当静下来的时候就想到他。这位有才华有思想的建筑家,不应该悄悄地离开了人世,因为我们国家与人民多么地需要你啊!可是真的,你走了。你对我是良友,也是益师。你有惊人的慧眼,你有爱朋友的美德,这一切也无须我再费笔墨了。贝聿铭先生是你在哈佛研究院的同学,他初次遇到我,就问讯了你的近况。我告诉了他不幸的消息,大家默然了。这是死别的滋味。朋友,你在九泉之下知道吗?

我分明地记得在你最后与我相见的一面,是在你家附近路上,你骑着自行车,精神很好。下车和我寒暄了几句话,含笑地便上车,留下一个永不磨灭的背影给我。不久噩耗传来,尤其你夫人在重病中,我陪她上殡仪馆。那清瘦的弱体,如何能担负如此惨重的巨变,三个儿子紧握着你的遗体的双手不放你走。在此一刻,令人心酸。不久你夫人也下世了,虽然你们在地下已经会见,然而这三个遗孤,在我们朋友的心目中,感到另一种难以描绘的心理。如今他们在你夫妇冥冥的托庇下,也都自立了。我也应为你写点纪念文字，尽我心对你知遇之感。

作燊（1915年8月20日—1975年6月15日）原籍广东番禺，少生长于天津，十岁丧母，他父亲颂频先生是洋行高级职员，少年又接受过海军教育，因此思想比较新。作燊与戏剧家的哥哥佐临，以及两个姐姐都出国求了学。作燊在天津度过了中小学时期，他进的是天主教会主办的圣路易学校。十七岁那年通过天津市的留英考试，直接上了英国的 Architecture Association School of Architecture（建筑联盟学院）求学，成绩斐然。尤其他的设计思想活跃，有新意，英文水平也高，为中国留学生争得了很大的光彩。五年后毕业渡洋上美国哈佛大学研究院进行深造。随建筑大师 Walter Gropius 教授学习。他与贝聿铭先生同学，二人都是 Walter Gropius 的得意门生。一位在世界建筑界成了大名，而另一位却勤勤恳恳为新中国建筑教育事业献出了毕生，都是值得我们敬仰的。聿铭每次回国，我见了他，便想起了你。如今他就任了我们同济大学的名誉教授，可惜你们不能共事了。我总在痴想，如果你活着该怎样地快活呢？我们这些年龄相差无几的半老头子，又该怎样尽我们余生之业。大家畅谈、互相切磋勉励，该是何等的光景。你如今远隔着两个世界，在天的另一方，有时可能感到这些生前的朋友们，相聚时还不时地在呼唤着你，魂兮归来！

在哈佛的岁月中，作燊认识了他的夫人程玖。那时她在 Wesleyan University（维思大学）念书，她专攻英国文学，因为大家同长在天津，在文学艺术、音乐上的嗜好又相当，她佩服作燊的知识广博。他们结合了。在1942年"知识救国"潮流影响下，双双归国。那时正值战争时期，民不聊生，暂借住他哥哥佐临先生家中，生活十分清贫。1945年抗战胜利了，陆谦受从重庆回到上海，任中国银行建筑科科长，又成立了五联建筑师事务所，作燊是其中的主要成员。上海梵航路的中国银行宿舍就是他当时的作品之一。1942年应圣约翰大学工学院院长杨宽麟教授之推荐，应聘任教该校。他开创了建筑系，培养了出色的人才，如同济大学建筑系主任李德华教授等。我就是那时为他所赏识，成为他主持的系中的一员。我回忆起那时的一段生活，真如一个大家庭。他平易近人、循循善诱的作风，我待之如兄长，敬之如老师。他虽不专研中国建筑，然而他能在各种不同学科中启发人、引导人，这不是没有高度修养的人所能做到的。他是一位有才学的人，而不是凭技的人。正如一位乐队指挥，能善于发现人才，又能培养使用人才，这一点是很多人所不及的。我们演戏，他做导演。我们运动，他做领队。我们看戏，他请客。我们聚餐，他为首。在圣约翰校园中，我们建筑系的师生最活跃。他如一团火，有热量，使每一个成员得到温暖。我还记得在1950年左右，陆谦受从香港到上海，邀他到香港去。他离不了祖国和身边的我们这些人，我们也不放他走，就是这样团结在一起，为新中国培养建设人才。

1952年下半年院系调整，我们一同到同济大学建筑系。这个系是由若干大学的建筑系合并成的，作燊是系主持人之一。在比较复杂的人事关系中，他能团结人，看问题比较全面公道，因此系是欣欣向荣的。他很谦虚，不争权，而是踏踏实实做了不少的教学工作。如一朵雅淡而不夺目的鲜花，它蕴藏了高贵的品质。他的设计思想不是凭空而来的，我佩服他广泛的爱好，丰富的知识。他对剧院设计有着独特的见解。他自小爱京剧，除收藏唱片录音外，还收藏戏单、戏谱，对演员的生活亦了如指掌，因此他可以比人家讲得深、讲得透。同样其他有许多冷僻的设计，他都能讲得上，这是多么的不容易啊！一个名建筑师就是要有这种修养。他曾经要我为他物色明式的家具、印章、古代木刻等等，如今他心爱的那把红木大椅，被他坐得发亮了，我见到它，仿佛主人翁还坐着一样。夫人程玖1952年前也在圣约翰大学教书。我们常到作燊家做客，总觉得他俩的家明洁恬静，有一种难以形容的建筑味与文学味，能留客、可清谈，足以显示主人翁的身份。程玖（1919年3月5日—1978年11月23日）比作燊小四岁，毕业于天津第一女中后，曾习过绘画，与姐姐程孟同出国，得奖学金而学成的。她父亲程克，河南开封人，同盟会元老之一，在东京曾与孙中山共同从事中国旧民主革命，曾任过司法总长、天津市市长。程玖虽长于官宦之家，但她那件蓝布旗袍，却没有丝毫富贵之气炫人，因此同学们很尊敬她。我的长女胜吾在上海第一医学院读书，是受过她辛勤教育的。作燊的死是比较突然的，他虽因血压高，在家休养，但每周到校中来检查与拿药，精神与体质还是正常的。不料噩耗传来，我真感到如梦如幻，真耶非耶。等我赶到安亭路他家中，一切证实了，这位在重病中的夫人，三个遗孤，我面对那把他坐的红木椅，凄清孤寂地仍在书斋中，而作燊是不见了，这是人间惨剧，我不知从何启口，双泪纵横而已。我为他料理了后事，眼望着遗体为工作人员无情地拉走。作燊兄，我们永别了！这些如今快十年了，灯下忆及，还是宛在目前。拙笔无以志大德于万一，这短短的篇章，尽表示我对你的怀念，感激你对我的提携与教诲，人非草木，孰能无情而已。

灯边杂忆

　　　　春云春水各天涯，但对芳樽醉落花。
　　　　千啭黄莺留不住，一帘风絮月西斜。

　　　　闲愁无计托声诗，未语从前已自痴。
　　　　最是小楼风雨夜，孤灯明灭送春时。

　　　　纤腰杨柳舞婆娑，轻絮方池点绿波。
　　　　曲径旧曾低语处，疏林悄悄夕阳多。

　　　　春归远客未曾归，惆怅中庭画角悲。
　　　　蜂乱蝶忙谁解得，闲愁最误少年时。

　　偶然在一本旧书中，翻到了四首饯春词，这是二十三岁时所写的，流光抛人已是四十三年，春天也饯了这么多次，我开始垂垂老矣！见到了自己的少作，又正值这春归时候，自然是感慨多了、想得多了，这比少年时代更加深了一层。往事、青春、悲欢离合，以及由少年到中年，由中年到老年，这一幕一幕的掠影，像在梦的轻波里萦回着，若隐若现，幻出了许多空虚的感情，往往会流露了佛家的思想，一切皆作如是观吧！这几首小诗亦不过记录了我少时的片段，早已任其沉浮，不意现在重见，又仿佛回到当年大学时代的心情。虽然当时假充斯文，来一下吟风弄月，今天看来多少还有点读书人样子，无病呻吟原属妄事，但也借此训练写作，我们旧大学的文化生活，就是这样过的。

那时的大学，在学生文化生活中，有着不同的组织，什么京剧研究社、书法研究社、文学研究社、诗社，以及音乐研究社等等，还有学生们自己办的夜校，来做普及教育的工作。都搞得有声有色，这些社团中的成员，并不限于哪一专业的同学，你有兴趣，任何一种都欢迎你参加。因此理工科的同学也出了很多诗人，写得一手好字。文化气氛很是活跃。最近我们印好的一本同学录，我读了一个个老同学的名字，回忆起他们的容貌声音、嗜好、学问、品德，甚至他们的"别号"，我仿佛又见到他们，我是年轻了，这薄薄的一本同学录，其中蕴藏着四十多年的友谊。

一个人随着年龄的流转，有着各种不同的遭遇与随时在变的感情，如果能及时记录几笔，它是最好的回忆录，小诗小词更觉得耐人寻味。我每次出游，在车中常常用五七句，速写了极短促的、一刹那的感受。这些带了回来，是我日后写作回忆时最好的录音录像，而且特别亲切。有时写得好，往往呼之欲出。我虽非诗人，但我那些断句残诗，却是最真实感情的供词。人的感情是微妙的，有时是"为赋新词强说愁"，有时是"而今识尽愁滋味，欲说还休"，我的这四首小词，你要说它没有一点真情，那是不尽然的。一个少年人也必然有这种境界，如今双鬓星星，看作如梦如幻便是了，如鱼饮水也只冷暖自知而已。我少年喜读二李（李煜、李清照）词，就在二十三岁这年完成了《李易安夫妇事迹系年》这篇年谱性的文章。那时候我开始觉得研究一种学问，如果无的放矢，不总结或整理一点东西出来，对自己的好处不大，《文心雕龙》说"积学以储宝"，学问是在于累积。我很感激当年学生时代的老师们，都有着这种功夫，耳濡目染，熏陶成我这种如杂货摊的一个学者。后来我的那本《徐志摩年谱》亦是在同样情况下完成的。

  我自小就是爱建筑与园林的人，我会独自徘徊于水石间，也会一个人在华堂厦屋下细心揣摩它的结构。当然，这是凭我一点莫名其妙的嗜好，说不上怎样去理解它。今天回忆起来，我因喜读李清照的词，进而读了她父亲李格非的《洛阳名园记》。这位李老太爷还是我研究园林的启蒙老师，他不但教导了我怎样品园、怎样述园，而最重要的，他的文采使我更深地钟情于园。因为文章中提到《木经》，因《木经》知道了《营造法式》，找到了《营造法式》，我的大建筑课本有了，但是看不懂。我再寻着了《中国营造学社汇刊》，我们古建筑的老一辈的文章，有了说解，使我开始成为一个私淑弟子。后来又进入了他们的行列，终于成为我终生事业。谁也料不到我今天在古建筑与园林上的一点微小成就，要算功劳账还要算到李清照身上，似乎太令人费解了，然而事实就是这样。

今天偶然因为四首少作，一下子写了这许多废话，也该停笔了。窗外雨狂风暴，到了梅子青的季节，初试单衣，已是新夏天气了。

1983 年 6 月

梓室随笔

拆书小记

梅雨一帘，蒸气困人，午倦抛书，读友好近札自遣，适北京俞平伯先生寄来一通，拆罢辗转看了几遍，然而文辞之美、情意之深，怎能忘怀。俞先生自今年2月7日老夫人许宝驯逝世后，一直心境不愉快，曾填《玉楼春》一词："家居镇日浑无那，乌兔催人驴赶磨。朦胧闻说午时餐，吃罢归房重偃卧。梦中有梦焉知可，疑幻疑真谁是我。善忘应已遣悲哀，不意无端双泪堕。"这种意境正如他3月6日来信及诗所写："弟近日生活如在梦中，以理遣情而情不服，徙倚帷屏，时时怅触。""檀几供花篮，中有马蹄莲（人云此花新娘所执）。惋彼水上仙，含苞今已蔫。"14日信来，附一诗："无一不慨然，无一不怅触。若云即是诗，斯亦未免俗。"宝驯夫人工诗词、善书画，能谱曲、拍曲、撅笛、操琴诸艺，与俞先生为表姐弟，大俞四岁，青梅竹马，直至八十八岁许下世，恩爱如初，谊重情长，在今日是少见的。

我今年4月间赴美国旧金山筹建中国园林归来，又因写了一篇《园林美与昆曲美》，这两件事引起了俞先生的兴趣，信中说："东西美洲名都并有我国园林建筑，乃空前之盛事，岂仅蜚英海外哉，敬致祝贺。"纽约大都会博物馆的中国庭园"明轩"是我那年去筹建的，所以东西美洲并提。俞先生夫妇都是拍曲名手，看到我将园林与昆曲相联系的论点，高兴极了。上海《文汇报》刊登了我的文章，有我与俞振飞先生一照。二俞是至好，所以写道："得瞻合影，又读新篇，无殊晤谈，兼论昆曲与园林之美，以景写情，用意新妙，宜振飞之赏之也。……昆曲外游盼他日实现。"因为美国最近来华的黄琼瑶教授专门到国内来研究昆曲，准备邀昆曲到美国演出，动了他的老兴。我想中国园林在国外已引起了"中国园林热"，不久必有"昆曲热"的到来。因为这姐妹行为我国古老艺术，是世界上人们所公认与喜爱的，如今越来越清楚了。

苏州马医科巷的曲园，是俞先生曾祖清末大儒俞曲园（樾）老人故居，俞先生生于苏州，十六岁才离开到北京，对曲园有着深厚的感情。前数年我提出重修该园，得到叶圣陶（绍钧）、顾颉刚以及俞先生等的联合倡议书。如今已开始修复住宅部分，俞先生将珍藏的曾国藩所书"春在堂"、李鸿章所书"德清俞太史著书之庐"的原件重描制匾，俞先生真能世守祖传，到如今完整如新。曲园（包括住宅）的全部，我是经过测绘的，图载在所编《苏州旧住宅图录》上，因此修复不难。他听说住宅已在修，兴奋地在信上说："苏州旧寓修复有望，闻明年五六月可开放，想是厅堂部分。小园当在其后，又须我兄费心擘画，何幸如之，不胜铭感。"总算老先生眷眷不忘的"曲园"在晚年能看到恢复。可惜明年俞先生无缘再与老夫人一同南下，引以为憾了。但是人杰地灵，园以人传，"德清俞先生"将永远为游览苏州的中外人士所乐道。

1982 年春

记故数学家许宝䄂

去年俞平伯先生的《古槐书屋词》在香港出版，寄了一本给我，是他夫人许宝驯与弟弟许宝䄂手写的（许宝䄂原本经其姐重摹的）。俞先生的词章我们不谈了，已有公论，即以书法而言亦绝美绝伦，姐弟皆学"十三行"，秀逸清雅，真是书香门第的结晶。

许宝䄂先生是我国已故的数学家，负有国际声誉，今天因为见到了新出版的《许宝䄂文集》来写些点滴，乡情世谊，尽我未死之责而已。许先生字闲若，浙江杭州人，1910年9月1日生于北京，1970年12月18日病逝于北京，终身不娶。许家是杭州望族，所谓"横河桥许家"，乃"五凤齐飞"（其曾祖五弟兄皆登科）的门第。父汲侯名引之，是位曲学家。筑别业西湖，名"安巢"，不幸在1924年去世于西湖"俞楼"。是时许先生尚年少，由俞平伯先生夫妇培养成长。姐弟情深，俞夫人的文字几难卒读。许先生初读化学于燕京大学，后入清华大学改习数学，毕业后当了清华大学两年助教，1936年考取公费留学英国为伦敦大学研究生，同时也在剑桥大学读书，后又兼任伦敦大学讲师，1938年得哲学博士，1940年又获科学博士。同年回国任西南联大教授。1945年赴美讲学，直到1947年10月回国，任北京大学教授。解放后并任中国科学院学部委员。他对我国概率论和数理统计学的发展作出了重要贡献。

　　许俞两家联姻甚多，许先生祖父名祐身、字子原，娶俞平伯先生曾祖曲园老人（俞樾）的次女，能诗，著有《慧福楼幸草》。俞先生的母亲又是许的姑母，俞夫人更是他的长姐。当许宝骒先生出国赴英留学时，老姑母以诗勉之，此诗最近我偶然间得到了，是俞调梅教授给我的。俞与许同赴英，留学伦敦大学。经过俞平伯先生鉴定，欣然为调梅书之，他这样写的：昨从梓室（笔者别号）兄得读尊处传示丙子（1936年）七律一首，云是当年吾母写赠我表弟许宝骙教授者，谨按诗中事迹神情均相合，而第三句雁行抱戚尤为明证，安巢（许汲侯）舅氏与慈闱友于谊笃，曾有巢雁序庄偕隐之约，非泛语也。爰敬录其词云：

炎炎六月赋西征，且把离杯付酒觥。
老我雁行常抱戚，愿君麟角早成名。
善调眠食珍长路，还冀音书寄客程。
他日壮游归故里，扁舟同载圣湖行。

　　　壬戌夏六月　调梅先生鉴存　俞平伯

丙子年是1936年，距今已四十六年，一代数学家往矣，留此鳞爪。许宝骙先生并擅书法文学，能诗词，这种全面发展的人才是不可多得的。就近世浙江名数学家而论，杭州戴煦、海宁李善兰、绍兴陈建功以及健在的平阳苏步青，皆能文善诗，湖山毓秀，亦非偶然。

1982年春

新发现的诗人徐志摩遗札

最近郑逸梅老先生给我看一封诗人徐志摩（1897—1931年）的遗札，是新近得到的，因为我写过《徐志摩年谱》（上海书店出版社出版），是熟悉他的人，所以要我先睹为快。这信写于1931年8月6日，距离他惨死的11月19日为时不远。毛笔行书计笺六张，是写给当时上海报界钱芥尘的。信这样写道：

> 芥尘先生：方才看到这期贵报，关于我的小报告。不想象我这样一个闲散人的生活行踪也还有人在注意，别处的消息我也曾听到一点，多谢你们好意为我更正，但就这节小报告也还是不对，现在既经再提到，我想还是我自己来说明白，省得以讹传讹，连累有的朋友们为我担忧。关于我的行踪，说来也难怪人家看不清楚。在半年内我在上海、北平间来回了八次，半月前在北平，现在上海，再过一个半月也许又在北平了！我是在北京大学教书，家暂时还没有搬，穿梭似来回的理由是我初春去北平后不多时先母即得病，终于弃养，我如何能不奔

波。关于我和小曼失和的消息,想必是我独身北去所引起的一种悬测,这也难怪。再说我们也不知犯了什么煞运,自从结缡以来,不时得挨受完全无稽的离奇的谣诼,我们人都老了,小曼常说,为什么人家偏爱造你我的谣言?事实是我们不但从来未"失和",并且连贵报所谓"龃龉"都从来没有知道过。说起传言,真有极妙的事,前几天社会日报也有一则新闻说到我夫妻失和,但我的夫人却变作了唐瑛,我不知道李祖法先生有信去抗议了没有。

此颂

大安

徐志摩八月六日

这年阴历三月初六日,徐志摩老母钱太夫人病逝硖石老家,享年五十八岁。南归居家写过《诗刊》二期前言。在8月间出版的《猛虎集》自序中说:"今年在六个月内,在上海与北京间来回奔波了八次,遭了母丧,又有别的不少烦心的事,人是疲乏极了的。但继续的行动与北京的风光却又在无意摇动了我久蛰的性灵……"何家槐《怀志摩先生》一文也同样写道:"他最爱的是娘,她的死给他很大痛苦。"这些都与这封信互相可以参证的。而且又是写的时间在死前不多时。书法北魏张猛龙，神韵极佳，对研究徐志摩是一份可贵的材料。陆小曼1965年4月3日病逝于上海华东医院，年62岁，她生于1903年农历9月19日。

唐瑛女士现在亦八十开外的人了，记得1978年冬，我去美国纽约，她在家招待我吃过一顿饭，有贝聿铭先生作陪。李祖法先生亦健在。畅谈到半夜才回旅邸。她与徐志摩前妻张幼仪女士居处甚近，是时相过从的。

写于 1982 年 7 月

胡马依北风　越鸟巢南枝

近来总定不下来，一个月中难得有几天如坐在深山古庙中，给我沉思、回忆、幻想的机会。客人是送往迎来，会议是催人白发，而那些可做可不做、推也推不了的杂差，真教人疲于奔命。自己在思量，六十多岁的人，岁月是有限的，可是看到的这一段晚晴良辰却悄悄地无声无息地放走了，引起了我的痛苦与惆怅，同时亦为与我同样境遇的人悲哀。

今天是五一节的第二天，我清早出门去寄信，新村的小道中，初夏的树木，没有遮满万里晴空，那嫩绿的新叶透过朝晖映在粉白的墙上，地面还是阴暗的，而丛林的枝干，阳光只照着一半，对比得醒目、清澈，我一个人陶醉在这幅图画中。光的变化太速了，待我缓步归来，便没有那来时一刹那间的空灵美妙了。

这种境界不是天天有，如果不是放假，我亦没有这般闲适，即使放假，如果没有今天的天气，同样枉然。像这样的机遇，去年到美国，有些仿佛，但是人的感情，随着异国的风光，又有了不同，"乡情""异国"这两个决然不同的词汇，触动了我复杂与无边无际的种种思想，从个人想到世界，从家乡想到异国，从人想到物，从物想到人，那些从身边走过的艳装女士、翩翩公子，以及在国外难得一见的苦力劳动者，这许多变幻无穷的幕幕人间戏剧，可惜只凭单纯的感触唤起我的一时所见所想。

异国的感情随着人的思想在改变。在飞机起飞的瞬间，我在想，我是离开了这生于斯、长于斯的祖国了，假如飞机出了事故，那我一辈子就永别故土了。祖国啊，家乡啊！我感谢你对我几十年的孕育。当我这微弱的生命飘摇在太空之中，我的灵魂，我的感情还是萦绕在这东海之滨啊！有一天，我独自徘徊在旧金山的金门公园内，走倦了坐在草地上，我仰望着长空，想到了那天一头的家乡，虽然分别没有几天，却大有冰心所写的"去国才三月，奈何哀音以思若此"。我见到了斜眼相视我的外国人，亦曾想起郁达夫在日本留学时所写的"中国呀中国，你怎么不强大起来"！一会儿他又礼貌起来，他见我穿的人民装，用简单的中国话说着："你是北京来的？"将一个大拇指翘起了。祖国，你是已经站起来了，"北京的人"，我感到自豪。在一次外国记者问我时，他要我说对旧金山的印象，我说"桥上桥""人上人"，他好机警，笑着说，你的话有哲学味道。因为我在句中巧妙地道破了他们社会的本质。这在我们国家中早消灭了。我又记起当年徐志摩出洋到美国读书，在日记上这样写着："大目如六时起身，七时朝会（激耻发心），晚唱国歌……"当年的老一辈留学生，在国外天天要唱国歌。他们都亲尝到孤身异国的滋味，祖国是他们唯一的靠山，没有祖国，一切都完蛋了。我虽是没有久居过海外，但在外的感受，对祖国的可爱更理解了。可是近时有些风气在变了，从前留学生深受国弱的痛苦，都希望学成归国，救国救民，没有做入籍他国之计。如今不少出国的人，单单贪爱物质的享受，而另一方面，精神上的隐痛却忽视了："一客座中新入塞，新诗从此起边声。""但愿生入玉门关。"前人之诗非无谓而发者。"胡马依北风，越鸟巢南枝。"这也是人情天理如此。我不是向醉心海外的人泼冷水，我是说几句真心话，可以只当西风过耳边，我也无怨。

1983年5月

正中求变

前人在夏季总习惯地爱悬挂与欣赏拓本,俗称玩"黑老虎",因为墨色可以"收火",有助凉爽,设想非常周到。同样,挂红色的朱拓本,亦有一定的时节,用它来表示欢乐愉快的气氛。今年上海气候特别热,在暑假里,人总不能整天昏昏入睡,或是在电扇下过生活,如果能将精神寄托在某一件事上,自然会感到减少了些热浪的威胁,我就是用这样的方法来消磨炎夏的岁月。

人们看东西,往往随着各人的思想感情与爱好,会产生很多不同的联想、启发,是十分有趣味的事。

中国的书法,真可说是哲学、美学、文学与艺术的综合品。作者学问道德、人品修养、喜怒哀乐等尽见于此。甚至封建时代的科举取士,以书法作为标准之一,亦存有一定道理。

一个人在自己的专业知识上,对事物最容易起反应,"他山之石,可以攻玉",最能左右逢源、有所获益。我从书法中了解到,中国学术是一脉相承,互相通气的。古人言"悟",不敢当,但在我至少也可以变得聪敏一些。

大唐西京千福寺多寶佛塔感應碑文　南陽岑勛撰　朝議郎判尚書武部員外郎琅邪顏真卿書　朝散大

[唐]顏真卿《多寶塔感應碑》

儿时初学写字时，老师父兄总是以"画平竖直"四字作为基础训练方法。试观从"篆隶"直到"行草"，万变不离其宗，不论哪一个写得好字的人，无不掌握这基本训练的。有一句话叫"字怕吊"，就是说，如果没有"画平竖直"的功夫，字一挂起来就要你"好看"，美丑马上便暴露了。我们搞建筑设计，在直线构图时，首先要注意横直两线，建筑工作者的丁字尺与三角板是绘图时最重要的工具。在总体规划中，以古代的城市规划而论，在方格的街坊布置中，存有斜街曲巷，整体一定要讲均衡对称，但可参有不规则的穿插。就是人们以为自由布局的园林，在古典园林中，主要建筑物无不存东西南北的横直安排，其前庭后园亦必以规划出之，几成为常例。而小径流水、游廊曲桥、假山花坛，则可以巧妙运用，也都与书法的布局结构同一原则。主要的笔画一定是平直有序的，而其中次要的笔画则起变化了。苏州的曲园就是以篆书曲字来构图的，因此在欣赏书法时，不仅仅这一些，而其他如笔墨、神韵、气息、节奏、内容等的领会，真是一个大的文化宝库。至于作者的性情怀抱、思想感情等的探讨，拓本流传与历史的研究则更丰富有味了。正中求变，虽千形万态，皆有法度可循。正与变是相对的，亦是相辅相成的。在我国书法中，从一个字的单体，直到整幅的行款布白，莫不存乎此理。从前，人学画必先学字，是一种"小中见大"，包括多方面的训练方法。

科举取士，书法为其重要组成部分，看来似乎没有什么道理，但细细分析，不是无所依据。那时候的考生，首先要写一手好楷书，字在考卷上的排列，当抬头的要抬头，当避讳缺笔的要缺笔，一笔不苟、工整醒目，既利于阅卷，又能从多方面看出考生的性格、治事的态度，以及从腕力的充沛与否中，察其精力如何。并从书法中判其人的福泽厚薄，以为后日为官升迁的预测。它是要从书法上推论考生的人品、作风，如果一手雍容华贵的字，当然将来飞黄腾达了。因此从前称达官贵人的字为纱帽字，多数是以颜（真卿）欧（阳询）一路为主。我曾经见到一锭墨，上面有"非人磨墨墨磨人"七个字，觉得很存有哲理。如今我说，中国书法，非人写字而是字来训练人，实是教育方法之一，任何事物，要从多方面来研究，方能得出比较全面的结论。这世界独有的中国书法。我希望小学里的书法课，应该加强。而画家更有必要不能脱离书法，这对下一代的全面成长，与书画同源的传统理论是密切相关的。

为园林取名

屈原在《楚辞》上写着:"皇览揆余初度兮,肇锡余以嘉名;名余曰正则兮,字余曰灵均。"说明人生下来就要取一个好名字。当然,园林建成也同样要取一个好名字。

我国古代园林取名是相当费推敲的,我说园名就包含着内美,有深刻的含意,寓之以德。怡园根据"兄弟怡怡"那句诗来命名;沧浪亭之名,则出于"沧浪之水清兮,可以濯吾缨"之句。在我看来,园名总以谦抑为好,如半园、芥子园、半亩园、蚕粒园、可园、近园等,多么含蓄,所谓"谦受益",予游者以不尽之意。

上半年到苏州开城市总体规划会,因为两年多未到吴门,要我去参观虎丘新建成的"万景园",这使我不觉一跳,虎丘小阜耳,居然能造得万景园。哪知道是个山麓的盆景园,真是狮子大开口,用万景以名之(就是盆景亦无万数),听说"锡名"与"题名"出自某大书家之费心费力,叫我啼笑皆非了。我戏谓同游者,此园若改名"半景园"或"半山园"则似乎得体,如今"万景园"

三字，不但清代皇帝造圆明园时不敢用，上海造西郊公园也不敢用，如今却在虎丘山下，向游人"亮相"，其反传统名园命名之道极矣。

我也听得有人在叫苏州有个"万金园"，那与万金油同名了，必定畅销全球无疑。其实万金油今日已改为清凉油，谓它有用，处处可搽；说它无用，处处不灵。那么，"万景园"说它有景，则如万花筒，过眼即逝；说它无景，有似万金油，清凉一时。多即是少，过分的夸张，是要使游者失望的。必也正名乎？文化两字不可不慎哉！

1983年9月

炎夏话"三多"

人家羡慕我们教书的。"暑假到了,又是你们的天堂了。"我只有苦笑。古人说"三冬靠一春",而我们却是"三春靠一夏",好像说做不了的事多可向暑假挤。本来我们知识分子也不肯轻掷光阴的,总利用一点稍闲的时光,不是备课,就是写点东西。老实说,我三十多年来暑假中,从未疗养过或清游一次,即使在外,也是去做古建筑调查,跑在乡间山区。今年本来应井冈山地方之邀,去开风景规划会与避暑山庄学术会。但是天太热、路遥,医者与家庭都不许可,说道:"你要死在外面了。"我只得遵命。但是"在家"比"出家"还忙。我无以名之,叫它"三多":其一,展览会请帖多;其二,会议多;其三,外差多。

这几年来,我们的画家、书家,从白发苍苍的老年画家,到五六岁的儿童画家,都要"亮相",差不多上海可展出之处都挤满了,而我这布衣也居然请帖纷来。假如说我每位都应酬一下,那只有天天不务"正业"了。

其次是会议,什么学会、民主党派,这样那样的讨论会。有的远在外地，往返半月，至于其他什么辞书编辑等等，因为教师平时忙，也放入假期中。更有讲习班，特邀上课，亦盛情难却。最近去了一次扬州，是为了华东文物讲习班上课事。婉谢三次，最后"州司临门"，还是上道。往返一周时间，如果静下来算算我们暑假的时间账，还结余多少，而要还的也着实不少。这些目前暂不入册，到秋后算账。"今日不知明朝事，事到临头再商量。"得过且过。拜板桥先生为师，"难得糊涂"了。今晚稍凉，我又闲不下来，信手写了这点假中的"思想汇报"，我希望大家能学习学习合理化安排，不要见缝插针，救救有限春光的一班老头子。

1983 年大伏

天意怜幽草

这几天正是秋爽宜人，一年中最明洁的天气，无论从书斋中望到小院，或是漫步在庭园内，那高、雅、静的境界，身边的书带草、脚下卵石的小径、远处的疏林芳草，以及点缀在草边的杂花黄菊，够野逸无华了，令人感到超然物外，仿佛闲云野鹤，去来无踪，任我闲行、闲步，也容我随意闲坐，任我闲思。偶然走到水边，那清澈澄莹的小流，绿得比翡翠更玲珑的菱荇，与我的心一般荡漾在柔波里。天上的白云会在水底浮动，我的瘦影会在云中出现，十分亲切，我见到了自己。那双鬓的白发，就是我逝去岁月的痕迹，在这些痕迹上，也就是我自己，检点在这世上的功过，有哪几分尽了我应尽的责任，照出了我自己亦就是鞭策我自己。少年之头已是等闲白了，"天意怜幽草，人间重晚晴"，该如何珍惜自己，更努力为人民多做点事吧！

我尤其爱这墙阴石隙间的书带草，它谦虚地愿做造园中的配角，因风披拂，楚楚有致，在园林中发挥了不可思议的作用，如今我们将它群植了，一片葱翠在华丽

[南宋] 佚名《柳院消暑图》

的大楼下、在树底花前,已成为土地上覆盖最好的植物。我爱这种草,曾用它来做我小集之名(《书带集》)。它终年长青,不畏炎热、不怕严寒,在冬天白雪飘在上面,点点有如缀银,而细雨微阳,却又是最宜的生长环境。它适应性特别强,真是无处不宜。过去园林中用它来"补白",来修正假山的缺陷、花径的平直。正如过去老人家牙齿落后非留上胡须一样（当然现在老人可装假牙，胡须亦不留了），可见世界上有许多道理都是彼此相通的。秋天的清晨，露水湿润，书带草绿得沉郁发光，松秀得如翠绒初展，多美丽的一幅大地毯。而那些稀疏地点缀在小景旁的，则又那么潇洒，有兰叶的秀劲，而无其娇养的贵态。它能随人、依人，小孩子尤其欢喜它。这不禁使我回忆起五十年前故园中的往事，这些小草，永远在我脑海中起了难以磨灭的印象。我爱它的性格，长青不变、处处适应，在待遇上是最低的要求，在服务的对象上，没有地位高低的差别。因此我们的祖先用它来作为造园的重要植物，非仅其用，实颂其德。可是一百多年来，因受外来造园的影响，绿篱占领了它的地位，书带草几乎退出了园林，专门以其根（又名麦冬根）为药料了。不用其才，而食其肉矣，那是太委屈了。近几年来我提倡了它，它显著地为广大园林工作者采用了，渐渐地也在出头了，而且大众十分喜爱它。因为它的那种温柔敦厚、朴素大方的美态，却是民族风格的特有象征。写到此想到了那句"长亭道，一般芳草，只有归时好"。天涯游子，顿起祖国之思，并非无因，亦情之所钟也。

1983 年 11 月 10 日

《中国历代名园记选注》序

六十年前，先父筑小园以娱晚景，其时余尚童年，知有山石花木之胜，自此始也。不数年先父弃养，园遂易主，是处情景，垂老犹在仿佛中。惜无园记之作，以述其梗概。稍长，访天下之名园，沉醉尽日，风光难录。而往哲园林记，又时时助我遐思，深叹"园"与"记"不可分也。园所以兴游，文所以记事，两者相得益彰。第念历代名园，其存也暂，其毁也速，得以传者胥赖于文。李格非记洛阳名园，千古园记之极则。故园虽荡然，而实存也。余尝谓造园固难，而记尤不易，盖以辞绘园，首在情景，情景交融，境界自出。故究造园之学，必通园记。园记者，有史、有法、有述、有论，其重要可知矣。前辈陈养材（植）教授与张公弛先生有鉴于斯，共选历代园记，加以注释，有惠于今之学者，功谓匪浅。而二公谦抑为怀，屡屡商量于不才，并属为序，浅学如余，岂有补于二公哉？陈先生六十年来，致力于我国造园事业，鲁殿灵光，益喜老健。余自弱冠读《造园学概论》，初获先生绪余，慕先生风仪；其后倾交，三十余年来，谊兼师友，久而弥笃，为序跋其著者数矣。今复见斯书付梓，仁义之人，其言蔼如也。深为造园界所欣慰。时余将重作西行，筹建中国庭园于旧金山，倚装匆匆，未尽所怀。

1982 年 4 月
于同济大学建筑系

《艺术美探微》序

"美"是多么令人陶醉啊!"美学"是以研究"美"为中心的科学,确能引人入胜。记得青年时代,在图书馆中见到了美学书籍,当然欲先睹为快。但是开卷一读,满纸专门名词,如堕五里雾中,废然而止。及长仍心向往之,重读是类书籍,亦深感理解之不易。相反,看王国维《人间词话》,顿觉柳暗花明,境界自出。知理论著作与文采休戚相关也。近来美学文章发表刊行甚多,这是好现象,可是总有些美中不足。是某些作者在文章中,既是说"美",实是不美。因为文字修养稍欠不足,没有美感,如僧侣说经,空对空,最后弄得四大皆空,一无结果。这对美学的研究与普及,恐怕亦起不了很大作用吧!唐王勃赋滕王阁,述建筑之美,千古绝唱;宋李格非记洛阳名园,衍池馆经营,古今传诵。信文章非美无闻焉。陈炳同志以近著《艺术美探微》一书见示,把卷谈意,言已尽而意无穷,无枯燥生涩之感,洵能文者。我总以为研究美学的人如能习一种艺能,以理论而结合实践,两者互相佐证,则研究也深,而收效也必大。我非研究美学者,至多是个爱好者,爱好者是观众之一,其见也许最公允。梅雨初晴,修竹凝妆,好鸟争鸣。爰为之序,未知陈君以为然否耶?

时 1983 年 7 月 1 日
于同济大学建筑系

《宋平江城坊考》序

五十年来余得知吴中文物之盛，其唯番禺叶遐庵先生恭绰，腾冲李印泉先生根源，吴县（今苏州市吴中区和相城区）王佩诤先生謇之著述；叶王二先生先后与余为忘年交，受教良深，惜李先生未曾奉手。日昨苏州寄赠李先生遗著《吴郡西山访古记》，秋窗岑寂，如闻謦欬，于是益思诸翁矣。王先生久客上海，寓愚园路，曩岁余执教沪西圣约翰大学，相邻咫尺，请益多缘，先生不以菲才而弃也。解放后，余忝为苏州市文物管理委员会顾问，并从事该地古建筑及园林之研究，遂更留心地方文史，而先生所著《宋平江城坊考》成必读之书。以余所知，平江图之著名于今世者，先生之功不可没也。既发现是碑于苏州府文庙，后深加考订，定为南宋绍定二年所刻，发前人所未发，其为我国文化所作贡献可见。邃于学，博且深，释一字一物，可娓娓讲数小时而无倦容，此《宋平江城坊考》特其绪余耳。今苏州列为全国古代名城之一，而城之规模一如平江图所示者，先生穷数年之功，亲自勘察，广征文献，一坊一桥，考订无误，正如先生所云："务使语不离宗，证据确凿，无一语无来历，无一字之杜撰而后安。"其于此书之作可谓笃且诚也。对中国建筑史、城市史之研究提供极科学之依据，与志乘无二致，巨著也。奈何数典忘祖，时人但知平江图之可宝，而忘先生是著之可贵，饮水思源，徒兴感慨。因念原刊流传日希，亟有重梓之必要。先生尚有续《宋平江城坊考》之作，生前以稿本示余，人事沧桑，今不知尚存否。旧事填膺，思之凄梗。今吴中老成凋谢，如先生一辈几无存者，而余亦垂垂老矣。哲嗣劼安兄以余与先生有故谊，属赘数语于书后，人微言轻，不能表大德硕学于万一也。

1983 年白露

于上海同济大学

《旅游服务心理学》序

唐代的大文学家李白有这样的两句话："夫天地者，万物之逆旅也；光阴者，百代之过客也。""古人秉烛夜游，良有以也。"他早已看到，天地之大，应该及时观赏，很早已点出了游的必要性与及时性。近几年来，开展旅游，已是这世纪中最新鲜与最受人们欢迎的事业，如今已渐渐成为一门科学。国内外又在大学中增设了旅游系，出了许多旅游这项学科的学者。因此我们要搞四个现代化，旅游事业确是重要的组成部分之一。

我曾经说过，旅与游，要区别对待。旅宜速、游宜慢。在旅与游之中有许许多多的学问，不仅是住宿与交通而已，而最重要的是了解旅游的对象——人的问题。《孙子兵法》要"知己知彼，百战不殆"，就是说不了解敌人如何能打胜仗，而我们今日却是不了解人，如何能做好旅游工作？这一项工作看来是太重要了，因为天下没有盲人骑瞎马而能顺利达到目的者。

随着科学的进步，各种科学分工越来越细，越有其周密性。我们越做得到家，所得到的预计效果越正确，越证实了科学的重要性。自从我们国家开展旅游事业以来，我接触了从事这方面的许多人，承他们的不弃，常常要我发表谬论，据我所接触到的中外事物，与他们谈谈，大家都互相促进着。屠如骥同志便是其中较突出的一位，他不但有高见，并且将它总结写下来，成为《旅游服务心理学》一书。这在我国旅游事业中，在科研方面是个好的开端，从实践到理论，再以理论去指导实践，那事业做得更周密了、更高级了。如骥是学习教育学的，我们知道教育学最着重心理学的研究，他在心理学这方面打下了很扎实的基础，现在用心理学来分析解剖旅游服务中的种种事物，不但可以提高旅游工作者的服务质量，而尤其重要的，他是试图以辩证法来说明许多问题，是理论联系实际，很生动活泼地启发了读者。这对提高人们的文化水平，起了很显著的作用。我们为什么许多事情做不通，做得不理想，甚至于做的人为什么这样做也不知道，这就是盲目与无知。

现在的问题是，一方面没有好的专业课本，另一方面是搞旅游而对旅游认识不清。这也不能见怪，它在中国兴起，才不多几年。但是经验天天在产生，缺点也日日在暴露，因此要研究、要总结，多出好书，使大家的认识水平提高，这对整个旅游事业也是有好处的。

我们现在提倡五讲四美，讲精神文明，这方面对旅游事业的影响更大了，书中多方面能体现这种精神。它除了是一本旅游专业书外，同时又是一本讲道德修养的书。

小游归来，春暖庭园，莺啭新声，而小斋岑寂，益觉动静之妙，执卷读毕，抒我己意，乐为读者介绍。

1983年仲春镇江归

写于同济大学建筑系

《墨竹析览》序

余近年多谬论,有谓"观博物馆藏品,可增抗疫力。看时人之作,易受流行病"。盖非无所谓而发也。实指"法度"而言,任意涂抹,非属不可,然无法度,等于杜撰,"继承不足,革新太快",遂引我有所感焉。申石伽与叶浅予皆长于余,因同启蒙于胡也衲师,故以学长尊之。四十余年来,知道德文章足为人师。为书画,为辞章,皆有法度可循。此《墨竹析览》,即课徒之作也。余读而有所述者。夫墨竹之道,唯东方艺术有之,非仅艺事一端而已,实存哲理其中,贵在内美也。人喻为君子,或歌其亮节,得清逸雅健之致,历来画论言之多矣。

"要之画法通书法,兰竹如同草隶然。"板桥以书家写兰竹,有此精论,阐明不解书法,难言画竹。当今书画日渐分道,且与文学时趋脱离,则画竹之道,更无从言矣。石伽有心人也,惧斯艺之沦亡,振八代之文衰,兹集之作,良有以也。

宋人之竹,院本重勾勒,结构谨严。元人多墨竹,遒劲简淡多不尽之意,寓狷介高洁之性于画中。明清以

[元]倪瓒《竹图》

［南宋］佚名《竹图》

降作者辈出，承先人之遗规，另辟蹊径，要之皆非无本之木，卓然成家，非数十年功力不逮也。故元明以来，名画家无一不工写竹者。竹者，画之基本也。余尝论造园有法而无式，能入方能出，石伽之艺，非以式囿人，而以法启人也。悟其理，通其变，则挥毫自如，方出新境，金针暗度，其在斯乎？

石伽承家学，画初师永康胡先生也衲，并同时执贽于杭州王先生潜楼（仁治）。复受知于德清俞先生阶青（陛云），传诗词之学。今古稀之年，双鬓若雪，犹眷念师恩，实为今日言师道者楷模，有利于明教也。反视流辈，稍有一得，则耻言其师，人情之敦厚与菲薄，判然泾渭。余序石伽之书，颂石伽之德，益厚望于读石伽之书、学石伽之竹者。

1983年春节写成
于上海同济大学建筑系

跋《周子庚先生医案》

读书所以明理，故人不能不读书，韩愈所谓传道、受业、解惑者正指此也。古代百技之学，有出于书本者，而医家尤为著称，世之谓儒医，盖先究理，渐付实验。即今之理论指导实践，复以实践用证理论，故医学得昌，非求末而废其本者。又尝闻业外科者必先习内科，亦深明内因为依据之哲理。旧时医家处方，必先拟脉案，不仅阐述病理，且文采斐然，甚至有用四六骈俪者，盖显医家学养之深。故名医医案，几同法家之判例，学者所必读者。吾友周道南君，梓室座上客，虽执教沪郊，而假日必来，坐必久，亲如家人。而其弟道远、道中、道纯，且事我尤谨，古道热肠，存其家风。闻其尊人子庚先生，行医淮上，活人无数，以经年之累积，成盈尺之医案，道南举以示余。余不解医，但知我国古代医学，深有哲理，其辨症察病、用药，深能奏效者，胥赖医家学之渊、理之明，与经验之丰。读先生之书，虽术业有殊，而治学之法一也。有助余之为学，其功匪浅。余肃然起敬于成书前，惜生也晚，未能奉手就教也。余与周氏昆仲相处，先生之道谊为人，犹能仿佛似之。周氏医案余不能谬赘一词，水清吴先生已有定论，其必传也无疑。以余交道南久，情且笃，诵芬述德，爰为跋。

1983 年 1 月 8 日

于同济大学村舍之梓室

题俞粟庐遗墨拓本

少时游吴门,览园林之胜,初见相惊,唯补园水廊与拜文揖沈之斋,徘徊终日,留恋不去,复拜观是刻,始知娄县俞先生粟庐,稍后度曲聆遗音,心仪其人其事者益深,而园中卅六鸳鸯馆,即当年粟庐振飞[1]贤乔梓[2]顾曲[3]之处也。每履其地,辄有所感,仿佛如闻其謦欬,每与诸生娓娓述及前贤韵事,流风所及,已成佳话,人杰地灵,园赖曲名矣。第昆曲之盛,固有其独立之因,然园林之境,促使曲情之妙,实相辅相成者。宜其皆高雅若是。俞氏曲艺,允足千秋,非无本之木、无源之水。粟庐老人久客张氏,亲见补园之筑,而振飞承训读书于斯,今则治戏曲园林二史所必知者。振飞道长以耄耋之年,亲拓先人手迹,老怀眷眷,读龚自珍诗"一种春声忘不得,长安放学夜归时"句,正如为此咏也。癸亥迎

---

[1] 即俞振飞,俞粟庐之子。——编者注
[2] 即对他人父子的美称。——编者注
[3] 即欣赏音乐。——编者注

春,曲韵绵绵,道长袖出是册属题,先哲之墨,今贤之声,一时眼前,百感交集,河清人寿,善颂、善祷。

1983年春节

喜见《百寿图》

四十余年前，谒王丈福厂于上海四明村，小楼一角，即麋研斋也。以乡谊故，得观其所藏诸印。工整遒劲，古茂生香，浙派印学，其在斯乎！前时余交叶品三（为铭）先生于湖上，二老皆西泠印社创办人也。余尚少年，丈已七十余老人矣。诲人不倦，余初得知八家绪纶，实启蒙于先生者。近交王君京盦，京盦王门高弟弟子，其书刻二学皆传乃师衣钵，初视师与弟无二也，可证其功力之深、力学之勤，宜乎颜其斋曰力学斋，海内硕人榜其斋者数百人，洋洋乎大观矣。京盦有子名运天，承家学，为人耿介，日以石为伍，其刻虽少年已自成家。近见乔梓①合刻《百寿图》，拓印成卷以持与余，而海内名流已题咏殆遍，盖皆借此寿身。余游戏人间，兴书"寿头寿脑寿子寿孙"八字归之。数学家步青苏老莞尔赞赏，复在其后加咏，足征运天之刻知音人未尽文艺界也。尝

---

① 即"父子"之意。乔木高、梓位低，比喻父位尊、子位下。——编者注

谓文艺之有生命，必不能囿于同行，余爱石而不能奏刀，属门外，然余爱京盫运天之刻，其能移我之情者深，知金石之节可贞、品可立，有助于名教，岂雕虫小技可言哉。余爱其父子之刻，用心亦基于斯，京盫老而弥坚，运天踔厉风发，刻此"百寿"共祝长寿。余为弁言，同发一笑。

1982年11月27日

六十五岁初度日

梁启超与王国维题《西涧草堂图》

我在拙作《书带集》中有一篇《衍芬草堂藏书楼》，是记浙江硖石蒋氏藏书之事。蒋氏除此楼为藏书处外，镇西家祠书楼与澉浦墓庐西涧草堂亦藏焉。澉浦有南北湖之胜，风景极佳。朱嘉玉为编《西涧草堂书目》，清戴熙为蒋光焴（寅昉）曾作《澉山检书图》，由钱泰吉、邵懿辰等记。后图失，钱曙初复作第二图，何绍基题诗："鹿床曾作检书图，万卷精神入染濡。太息人书归浩杳，可应题躞未荒芜。鸿余泥爪传梅市，雁引乡心落澉湖。文献东南魂梦绕，何年蒋径阅珍厨。寅昉词兄正题，蝯叟何绍基初草甲子（1864年）初冬。"后来加了梁启超一记与王国维二首诗，真可算双璧了。录如下。

  梁启超题《澉山检书图》："前清东南藏书之家，道（光）咸（丰）间称'海宁二蒋'，即寅昉先生之西涧草堂，及其从兄生沐（光煦）先生之别下斋也。咸丰庚申（咸丰十年，1860年）发匪由金陵窜浙，所过为墟，别下燔焉，斋中珍秘，一时俱尽，而西涧岿然尚存。寅昉先生文孙觐圭（锡侯）农部世守之，盖善本不下十万卷，其孤本及稀见者往往而有，故家乔木，过者式焉。《澉山检书图》者，戴文节公为寅昉先生作，钱曙初复为第二图，而钱警石、邵位西各为之记，何子贞题诗焉。今戴图及钱邵二记皆亡，存者仅钱图与何诗。觐圭惧先芬之湮没，乃丐钱、邵两公后昆之贤者补录两记，附旧图重事装潢，而命余题其端，余案钱图作于庚申（咸丰十年，1860年）十一月，正别下斋见毁后三月也。一存一亡，虽曰天命，毋亦以别下在硖石镇，牛山之木，郊于大国，为斧斤所不赦，西涧在鸡笼山之丙舍，较幽僻，易以自全耶？抑寅昉先生藏书墓庐中，其孝思俱如钱、邵二记言，苍苍者其阴相之也？觐圭被锡类又不匮，兢兢焉守其业者三世，吾知蒋氏世世子孙必能永保所藏，以传诸无极也。余与生沐文孙百里（方震）将军游，垂三十年，相爱若昆弟，觐圭则昔曾同官，其犹子复璁襄余治松坡图书馆事。余于海昌之蒋，渊源不浅，摩挲斯图，怆怀二老，敬慕感慨，交集予怀。

丙寅（民国十五年，1926年）季秋之月新会梁启超。"

王国维在此卷上题了两首绝句："曙初画得南楼意，醇士图随碧血亡。若论风流略名位，秀州何必逊钱塘。""作记同时邵与钱，庚申重跋倍凄然。三家子弟都无恙，回首沧桑七十年。"钱曙初嘉兴人，南楼为其先人钱陈群之母。醇士是戴熙之字，戴为杭州人。邵、钱是指邵懿辰（位西）与钱泰吉（警石），庚申为1860年。钱泰吉再跋此图，其时戴熙已死，故云凄然。王国维作诗已迟七十年矣。

1983年4月

董北苑《夏山图》史拾

1982年壬戌春节,第一封函件,接到香港霍丽娜女士寄来的《美术家》,开卷有一篇徐士苹先生写的《江南画派开创人——董源及其作品》,其中对于董源《夏山图》一节说:"……明末归董其昌,董死后,是袁枢所得。"其后的流传情况就没有了。我们知道这张《夏山图》,在恽寿平《瓯香馆集》中记载甚详,已是大家所知道的。解放后由吴兴庞元济家转到上海博物馆,今珍藏于该馆。

但是庞氏如何得到这张名画的呢?值得探讨。我记得三十四年前,张师大千从庞氏处借到该画,细致地临摹过一本,我在大风堂初次见到这名迹,不由想到我的外家浙江硖石蒋氏,曾收藏过它。蒋氏为浙西著名收藏家,张廷济(叔未)、费丹旭(晓楼)等皆客其宅。蒋光煦(生沐)、光焴(寅昉)兄弟的"别下斋"与"衍芬草堂",其刻本与书画之善,为藏家所乐道。董源的《夏山图》即是蒋光焴所收藏过的。据查燕绪《外舅蒋寅昉府君行状》:"府君之始客鄂也……府君所携有北宋董北苑(源)《夏山图》真本,而国初常熟王石谷翚、武进恽南

[五代]董源《夏山图》

田格，多有钩临之幅。（阎）文清公属秀水陶庵布衣绍源重摹藏之，而严（渭清）公与督粮道厉公云官，盐法道武进盛公康，亦各谋临本以归。及甲子春，府君陡患痰疾，猝不得良医，会王师新克杭州，其家遂以东返。其夏五月抵碛石，老屋洞穿，不可以居，遂舍诸濮桥朱氏，朱故府君之旧好也。讵意丧乱以后，其乡乃沦为盗薮，一夕，盗突门入，取财物殆尽，而《夏山图》三幅及宋蔡忠惠公手书《茶录》卷子皆被劫去，多方购求不可复……"述其散失经过。蒋宅后筑有"北苑夏山楼"，周寿昌书额，用以宝藏之，今额亡而楼尚存。（参见拙著《书带集·衍芬草堂藏书楼》）

蒋氏自失此卷后，画流到了吴兴，那时苕溪（吴兴）书贾画商，以船贩于江南，蒋氏许多佳刻皆是由他们运

来求售的。详见蒋光焴跋宋版《晋书》。今据赵之谦印谱有"宝董室"一印，边款刻"北苑《江南》半幅，希世珍也。近为均初所得，又得《夏山图》卷，两美必合，千古为对，爰刻'宝董室'印，无闷"。之谦别号无闷。均初姓沈，见赵刻另一印。吴郁生题《王敬客书塔铭》："沈均初先生初好书画，藏有北苑《夏山图》，因名其室曰'宝董'，后专意金石，割弃名迹……同治壬申（十一年，1872年）殁于苏寓，至光绪廿二三年（1896年、1897年）所藏尽散。"沈氏系吴兴大族，均初应为该地人，曾流寓苏州者。

蒋光焴生于清道光乙酉（五年，1825年）正月十一日午时，殁于光绪壬辰（十八年，1892年）五月初二日午时。画失于甲子，即同治三年（1864年）。赵之谦生于

1829年，殁于1884年，赵氏为沈均初治"宝董室"印为中年之作。其时蒋光煦尚在，且殁于赵、沈之后。以当时交通之不方便，而藏家秘守之，卒不知其下落矣。庞元济最后得之，似间接得之于沈氏，惜卷中无线索可寻。

我忝为上海市文物管理委员会委员，曾以此事告同会谢稚柳、郑为二先生，皆认为是研究董北苑《夏山图》之珍贵史料，未见近时著录，宜极珍视之。

寒梅秋菊永清芬

又到了新的一年。我听到了一个在我看来是很好的消息，就是上海文化出版社要在本年内出版《梅兰芳唱腔集》和《程砚秋唱腔集》。梅程二位对京剧艺术的杰出贡献，用不着我再来饶舌了，我要说的是，他们在国画上的造诣也是很深的：梅以寒花著称，程以秋菊独步。出版社想在这本书的前面能印上他们的国画，这就不免要谈到这幅梅了。

画原属陈叔通老人所有。三十多年前，我有一次在其侄陈植师家问学时，他拿了送给我。叔通老人晚年住北京，留在沪上的一些书画都分送了亲友，我算是其中之一。程砚秋同志早年曾受知于叔通老人，梅兰芳同志与叔通老人的私交亦厚。丙子年（1936年）是叔通老人六十生辰，所以梅程合作此画以献。画上有汤定之（涤）写的"冰雪聪明"四字。梅兰芳曾学画于汤定之。我记得过去上海思南路梅宅，就挂有汤的一幅墨松。王福厂先生又题了"一时二妙"，是指梅画的梅花，程砚秋用正楷写的"知君自有冰心在，凭着梅花写出来"二句。后若干年，梅程已经去世了，俞振飞同志看到了这幅画，感慨万千，在画上题诗一首："每忆京华两故人，披图犹见墨痕新。御霜（程的别号）会得冰心处，缀玉轩中万古春。"

俞振飞同志前不久还在询问此画的下落，我说早在"文化大革命"前，已经交给南京博物院收藏了，因为梅兰芳是江苏人也。现在我又自该处摄照制版，公之于世，是从有到无，又从无到有。我将此画归于公家，在自己是"无"了，但在浩劫中没有失去，这又是"有"了。事情往往就是那么奇妙啊！陈正薇是梅兰芳的学生，也在画上写了一个观款，这样，这幅画中有三代人了。我希望梅程二位的唱腔集问世后，必有世代的传人。新岁之首，写此以祝祖国艺术永衍清芬。

1983 年 1 月

读《黄仲则书法篆刻》

字如其人，它是能表达人性格的一种艺术，尤其是文学家、诗人，往往虽非书家，而其所书却是同他的文学作品一样，那么有感情，清逸、多书卷气，耐人寻味。清代大诗人黄仲则先生，我从小就爱读他的诗，因他又去读了郁达夫的小说《采石矶》。而郁先生又以黄先生自拟，诗同样的语语惊人。最近在报上看到郁先生为西谛（郑振铎）先生刻的一印，真太巧合了，引起了我很多的想法。仲则先生后裔黄葆树出示所编《黄仲则书法篆刻》（上海书画出版社出版，责任编辑方去疾，不日即可问世）一书，确是为前人做了一件很有意义的事。因为仲则先生仅活到三十五岁，又不以书家、篆刻家名世，当然传世之作，更是凤毛麟角了。其后裔搜辑之功，实为非易。我读罢《两当轩集》诗集后，再展阅此册，心中屡屡难平。一位处境极恶劣，"全家都在风声里，九月衣裳未剪裁"，清贫到死的诗人，在短促的生命中写下了数以千计的诗篇，而书法篆刻的成就又那么精深，这对我们来说，是足以鞭策我们如何努力为人民多作点贡献的。

诗姑且不论，我们且谈谈他的书法，在书法的功力上，乾嘉学者中大都是有基本功的，仲则先生书法，"庄整遒雅"四字足以当之。其风度超脱，诗与书一致也。我爱看文人之书、诗人之墨，能心仪其人，更可爱的是写他自己的作品，真是"两难并"了。近来我对于书画与文学逐渐分手的一种倾向，以为多少应予以重视。这种集子的出版是有益于我们的文化事业的。篆刻与书法不能脱离，古来篆刻家未有不能书者，何况仲则先生既擅诗文，又能书法，当其偶涉篆刻，自然不同凡响了。因为艺是相通的，精一艺而可旁通众艺，难是难在一个精字。他的篆刻并不是无源之水、无本之木，不是那种"一抄、二描、三雕、四敲"的无学问、无艺术的刻印。他在汉印的研究上是下过一番力的，所以在章法上、刀法上都有所依据，但另一方面却有他自己的面貌，有诗人雅健之姿，这是不容易的了。其中有不少方面，是值得我们学习与探讨的。

这本具有书法、诗词、篆刻三者特色的艺术作品集，是值得推荐的，它予人以诗笔、书笔、铁笔的美感，使人陶醉在诗的清波中，确是一种难以言传的艺术享受。

1983 年 12 月

《徐志摩诗歌集》序

近几年来，想不到为了徐志摩的事，加多了我的纷忙。我不是诗人，又不是文学史家与文学批评家，照例这份事根本落不到我的身上。只怪我三十多年前为他编印过一本年谱，做了一些他的身后琐事，不料居然跻身到研究徐志摩"专家"之列。天晓得，世界上常常有事有人，无事无人，往往从自己的利益出发，用得到抬出来，用不到打下去。今天徐志摩也算交上了好运，否极泰来，靠他成名图利的人也有了。

我对徐志摩仅凭着一种单纯的感情作用；从我对他作品的喜爱，加上戚谊的关系，比较多了解一些外，只可说无缘无故的爱吧！

今年2月1日，我从江西萍乡勘查了孽龙洞归，在浙江硖石下车，在徐志摩家乡住上两天，是为了安排他的重建墓事，顺便再去看了他出生的老屋、生活过的新屋。在那里呆立片刻，浮上了难以表达的复杂心理。二日，细雨蒙蒙的清晨，我到西山白水泉旁选定墓地，精神十分沉痛，记得那年营葬他老父于其墓上原时，正是这样天气,流光过得那么快,过去近四十年了。面对着又凄厉的严冬山景,摩挲着梁启超先生写的徐德生墓碑,流出了"人间天上两难知,白水泉深泪若丝。有子海西归未得,稚儿旁汝慰相思"的句子。志摩长子积锴在纽约,他母子得到因我的努力,政府能重建墓的消息,回信说将此事托付于我。谁知下文却是:"诗人身是孤鸿影,残骨无存墓再留。我恨与君难一面,青山寂寞为营丘。"那块碑已从东山移了过来,竖碑的那年,我是参与其事的,对此想得更多了。"少年初读想飞篇,噩耗惊传上九天。从此诗魂萦梦寐,白头拜倒硖山前。"五十年前的我,五十年后的我,织成了这片刻的光影与幻觉。谁也想不到,他的身后最末了的一件事,由我来尽我不应该承担的责任,我难受。我想起了他那几篇著名的哀悼文章,我又仿佛回到同他那难堪的时日一样。低着头默默地离开了他这未来的墓地。雨是渐渐地急了。

去年夏天,我在庐山搞该地风景规划,山间小住,时时背诵徐志摩的《庐山石工歌》名篇,我早准备在重建墓时要放入一篇记,而且要用庐山石来刻,这次居然找到了金星佳石。心诚求之,目的总算达到了,用此永奠墓室,并且打算在墓前安放一个插花池。乡人麦饭已成过去,但鲜花供养,每天并不乏人。那西山鬓边的诗人墓园，在松林夕阳之下，正如他的诗一般的美丽。

我曾说过："我去寻诗定是痴，不必枉费苦吟，我一向主张以明白易懂的词句，用一定的音节谱出来，使大家都能对你所感受的美的境界起共鸣便够了。那种翻类书找典故，连自己也含糊其词的诗，我是不敢赞同，而且也没有这种高深的学问来写。我的俚句，就是仿佛照相机一样，留下我一刹那美的感受而已。"他予以在我身上的，是真与美的感化。我虽然是从事建筑园林的，表面上是专业不同，而实质是同一的。他的诗灵在我思想感情与气质上，是受到有所变化的，对我的一切起了极微妙的影响。我对他莫名其妙的感情，就是莫名其妙的精神作用。记得在"文化大革命"中，说我为"反动"诗人徐志摩树碑立传，定下了罪名，受批斗。但我仍处之泰然，我没有怨，我是"活该"，我只觉得我是做了一件对得起人的事，取得内心的安顿便是了。今天人们又在读他的诗，出版他的诗集，赞扬他是"爱祖国、反封建、讲人道"的诗人，对他的作品，同时也作出了应有的评价。今天同情他的人越来越多，我也于愿足矣。志摩兄安息吧。

1983年春寒料峭
写于同济大学建筑系

谈徐志摩遗文
——凌叔华致陈从周的信

《新文学史料》1981年第四期（总第十三期）为纪念诗人徐志摩逝世五十周年，出了专辑。赵家璧先生的《回忆徐志摩和〈志摩全集〉》一文中，谈到徐在生前交给凌叔华的那箱遗稿事。最近凌叔华女士从伦敦写了一封长信给我，把此事谈得很清楚，可以补充赵文所述，是弄清这件事及其他的最好的第一手资料，有必要将它公之于世，为研究徐志摩的重要史料。昨日从山东归，留济南时与陆小曼侄同觅党家庄开山志摩遇难之白马山不得，因取石已夷为平地，而停尸之小庙亦早拆毁，黯然者久之。抵家接此函，另外还有从纽约徐家寄来的志摩前夫人张幼仪与子积锴夫妇合照。情绪屡屡难平，挑灯写了这段小记，搁笔凄然。

1982年10月29日　陈从周记

从周先生：

前几日方收到余同希世兄给我的一册《徐志摩年谱》，十分感激你的厚意，居然记得送我一册。我匆匆的读了一遍，觉得志摩忽然又活了。这情形已是三四十年前的了！说到志摩，我至今仍觉得我知道他的个性及身世比许多朋友更多一点，因为在他死的前两年，在他去欧找太戈尔那年，他诚恳的把一支（只）小提箱提来交我保管。他半开玩笑的说："你得给我写一传，若是不能回来的话（他说是意外），这箱里倒有你所需的证件（日记文稿等等）。"他的生活与恋史一切，早已不厌其烦的讲与不少朋友知道了，他和林徽音、陆小曼等等恋爱也一点不隐藏的坦白的告诉我多次了。本来在他的噩信传来，我还想到如何找一二个值得为他写传的朋友，把这个担子托付了，也算了掉我对志摩的心思。(那时他虽与小曼结婚，住到上海去，但他从不来取箱子！) 不意在他飞行丧生的后几日，在胡适家有一些他的朋友，闹着要求把他的箱子取出来公开，我说可以交给小曼保管，但胡帮着林徽音一群人要求我交出来（大约是林和他的友人怕志摩恋爱日记公开了,对他不便,故格外逼胡适向我要求交出来)。我说我应交小曼,但胡适说不必。他们人多势众,我没法拒绝,只好原封交与胡适。可惜里面不少稿子及日记,世人没见过面的,都埋没或遗失了。我后来回去武大,办武汉文艺周刊,只好把志摩写与我的信(多半论文艺的)七八十封,每期登载一二封(那是很美的散文),可惜战争一来,武汉文艺便销灭掉。后来我们逃到四川住了三年,也无法把稿子带去。至今以为憾事。武汉文艺周刊是附属于武汉日报的。不知你们有无办法可以找到1936—1937武汉文艺周刊的日报?事隔多年,想来不会有办法了吧?至于志摩同我的感情,真是如同手足之亲,而我对文艺的心得,大半都是由他的培植。小曼知道很清楚。可惜小曼也被友人忽视了,她有的错处,是一般青年女人常犯的,但是大家对她,多不原谅。想到小曼,我在1972年到上海想看看她,说她在艺专教画生活,但不能见外人(现在她已去世多时了)。我听了也甚安慰,因为我劝她学画,并带她去拜陈半丁为师。否

则在"文革"时她不能生活。(从周按:小曼死于1965年4月3日)

我到西方快卅年了,文艺写作未离岗位,对往日朋友说来,还不惭愧改了行。孙大雨现尚在沪否?在日本占上海时,他和郑振铎到旅馆来看我,教给我一些行路难方策,我逃出敌人陷阱,如见面乞代致意。

专颂

文祺

凌叔华上

1982年10月15日

再者,我手中还保留志摩第一本诗集(是连史纸印的),上面题字"献给爸爸",也是他请我代题的!(从周按:是《志摩的诗》)

今年4月清明日,诗人徐志摩的墓在他故乡浙江硖石西山,经我们建议,将它修复落成了。去参加了扫墓仪式,我将当时的情况写信告诉了英国伦敦的凌叔华女士,还有一张墓照,并附了近著《书带集》,因为这集中有我写的有关志摩与小曼的文字。她接到我信,还有赵家璧的信,感情很是激动,当即回了这封长函,将志摩遗稿的"八宝箱"存放与交出的经过叙述甚详,这个疑案,总算可以澄清了。另一方面证实了当年林徽音和我所说的她藏有两本志摩英文日记的来源了。胡适日记所写志摩日记有两本存凌叔华处之事非真实也。这封信对研究近代文学史有一定的参考价值,录供于世。

陈从周1983年5月20日灯下

陈从周先生:

今晨收到大著《书带集》又是高兴,又是感激。年来蒙你们大家这样看得起我,溯源想法,多半还是志摩影响。无疑的,志摩是一个有特殊魔力联络朋友的异人,早在四五十年前,已有人说过了!

前些日收到赵家璧来信,并寄我看他写纪念志摩、小曼的一文,内中资料(为志摩传)提到当年志摩坠机死后,由胡适出面要求朋友们把志摩资料交他的事。其实那时大家均为志摩暴卒,精神受刺激,尤其是林徽音和他身边的挚友,都有点太过兴奋。我是时恰巧由武汉回北京省亲避暑，听到志摩机坠，当然十分震动悲戚(志摩对我一直情同手足，他的事，向来不瞒人，尤其对我，他的私事也如兄妹一般坦白相告，我是生长在大家庭的人，对于这种情感，也司空见惯了)。为了这种种潜在情感，志摩去欧之前(即翡冷翠前)，他巴巴的提着他的稿件箱(八宝箱)，内里有向未给第二人读过的日记本及散文稿件(他由欧过俄写回原稿件等)多搭，他半开玩笑的说："若是我有意外，叔华，你得给我写一传记，这些破烂交给你了！"我以后也问过他几回，要不要把他的八宝箱拿走。第一次是我离开北京到日本去一二年(那时蔡元培是北大校长，他给陈西滢及我二人到日本，作为海外撰述员的费用，彼时林语堂也用此名义派到美国)。我在那二年中利用我幼年日语的根基，居然专修日本近代文学。闲话少说，在去日之前，我问过志摩要不要拿走他的箱子，他不来拿。

我们二年后由日本回，西滢应武大之聘，我又问志摩要不要他的箱子，他大约因上海的家，没有来取。至于志摩坠机后，由适之出面要我把志摩箱子交出，他说要为志摩整理出书纪念。我因想到箱内有小曼私人日记二本，也有志摩英文日记二三本。他既然说过不要随便给人看，他信托我，所以交我代存，并且重托过我为他写"传记"。为了这些原因，同时我知道如我交胡适，他那边天天有朋友去谈志摩的事，这些日记恐将滋事生非了。因为小曼日记内（两本）也常记一些是是非非，且对人无一点包含。

想到这一点（彼时小曼对我十分亲热，她常说人家，叔华就不那样想法，里面当然也有褒贬徽音的日记），我回信给胡适，说我只能把八宝箱交给他，要求他送给陆小曼。以后他真的拿走了，但在适之日记上，仍写志摩日记有二本存凌叔华处。他的（胡的）日记在梁实秋编的徐志摩传上也提到。赵家璧也看到胡的日记上如此写。这冤枉足足放在我身上，四五十年，至今方发现！

日来我平心静气的回忆当年情况，觉得胡适为何要如此卖力气死向我要志摩日记的原因，多半是为那时他热中政治，志摩失事时，凡清华北大教授，时下名女人，都向胡家跑。他平日也没机会接近这些人,因志摩之死,忽然胡家热闹起来,他想结交这些人物,所以得制造一些事故,以便这些人物常来。那时我蒙在鼓中,但有两三女友来告我,叫我赶快交出志摩日记算了。我听了她们的话,即写信胡适派人来取,且叮嘱要交与小曼。但胡不听我话,竟未交去全部。小曼只收回她的两部日记(她未同志摩结婚前的日记,已印出来了!但许多人还以为另有日记)。

那时林徽音大约是最着急的一个,她来同我谈过,我说已交适之了。(那时适之正办《独立评论》,他要清华北大的名教授捧他,所以借机拉拢他们。)那时公超和陈之莲都是被拉的人,他们话中示意过,沈性仁和陶孟和,杨今甫也示意过,可怜我一个不懂政治热的人,蒙在鼓里,任人借题发挥,冤枉了多少年!半个世纪后方始明白这个冤枉。说真话,我对志摩向来没有动过感情,我的原因是很简单,我已计划同陈西滢结婚,小曼又是我的知己朋友。况且当年我自视甚高,志摩等既已抬举我的文艺成就甚高,有此种原因,我只知我既应允了志摩为他保守他的遗稿等物，只能交与他的家属如小曼，别人是无权过问的。如此原因，我对胡适的指名要我交出，不免发生反感，但是后来我被朋友警告交给胡适了，他也交与小曼及徽音他们二人的日记了。他在自己日记上仍写了存在我处（或者他这篇日记是早些日写的，亦未可知）。此事说来太过复杂琐碎，可惜我在1972与1975年过上海找小曼均未得见，否则也可把此事弄清楚。

匆匆专候著安

凌叔华上
1983年9月7日伦敦

再者，我一口气写了这封长信，也可说明我的冤枉太久了，希望这拉杂写来的信，可以念得懂！

在居留西方将近三十年了，我还未离我的岗位，读书写作绘画，仍未全忘。

再者，你的苏州园林书是中文或英文？我很想买一本读，香港何处书店可买到？望示！

《苏州园林》重版序

少时游苏州诸园，水石之胜，视它处之筑，雅淡幽深过之，觉弦外之音，不尽之意，引人留恋，不忍遽去，情之所钟，缠绵难以忘怀。解放后园多公开，自五十年代初屡屡客吴中，几每周必至，因当时任苏州市文物管理委员会顾问，并兼课苏南工业专科学校，课余多暇，遂踏遍坊巷，求故园旧宅。其时适拙政园、留园重修，余复参与其事。而同济大学诸生实习，助我测绘，记识遂多。乃于1956年付梓《苏州园林》，即此书之第一版也。其后又有所获，未收入集中者，则补入1958年所刊《苏州旧住宅参考图录》中，由于苏州园林多数与住宅未能分割，所谓宅园者。人事蹉跎，又经世变，存书已如麟角，海外视同珍本。香港有以原书复印以广流传者。去年路生秉杰留学东瀛，与友人横山正先生共译成日文，于1982年出版于东京，发行全球，而国内反得之不易，读者引以为憾。上海文化出版社有鉴于斯，拟重版再公之于世，遂欣然应命。顾念集中诸照，经时二十余载，池馆有改，乔木更替，与今时所见有所差异。而若干故园，形迹难寻，苍颜旧貌，赖此以存，容有助于园史之研究，观世事之嬗变，则此集之存，无异白头宫女，重话天宝也。至于各图所集宋词，聊抒一时兴会而已。

余曾有言，园之变也速，园之毁也易，故园林记录之功，理应及时，整理刊行，不能以一书之成，而定为万世不变之型也。此集为五十年代初之园况，亦即斯时之实录。今重版，文字部分仍旧，仅补近年所写诸园小记若干篇。回思壮岁豪情，而今老去霜鬓，披览少作，益增唏嘘，还期持杖重游，爱此晚晴。爰记数语，志其始末。

1983年3月28日

于上海同济大学建筑系

皖南屐痕

上海市在皖南黄山附近筹建一所休养所，市里主持该项工程者，坚邀我去部署一下景点。虽然初夏天气，坐那整天的汽车，确也视为畏途。然而我对那曾"受教"过的歙县"母校"——同济"五七干校"，十二年后还想去看一下，激发了我的旅兴，于是在晓风轻拂的清晨离开上海，在暮云四合的山色中来到了皖南。这一夜我是在"鸟宿风篁静，泉鸣山更幽。孤灯谁伴我，照影自悠悠"的心情中过的，因为我住在枕流的楼边，招待所的被子实在太厚了，无论怎样睡也睡不好，午夜起来听泉，坐看晨曦从山谷中慢慢升起，真是无限风光，自浅入浓，仿佛在照相的显影中，是一幅云烟图，淡逸极了。我誉之为竹坞山居，并没有加一分的夸大。

第二天开始工作了，查看了环境，听了经理同志的汇报，当然"管吃管住管人"的一套是理所当然的，但是风景区的休养所到底不是旅馆，而在他的思想上，那顽固的一套生意经，当然是要费点口舌的。我在无可奈何的事实前提起笔写了一副对子给他，上联是"管竹管山管水"，他脸上似乎有些感触了，看来"上帝"是动心了，接着下联是"有诗有景有情"。以此呈正，博得开颜，于是我们有了共同语言，一系列的景物安排便好办了。经理先生也新任了"竹坞山居"的主人，"竹韵松韵水韵，泉声鸟声风声"都成为此地的重要剧目与演员，那一台戏便可唱得好，观众们也不枉千里而来。有了这个前提，找到了主要的关键，其他的问题，如都能围绕着"景""情"二字来解决，休养所自然会有文化气息的了。

黄山市听到我来，将我车架而去，要我品题一下太平湖，我居然做了一天"太平湖上太平人"，荡漾于群山之间的万顷巨波中，我无法形容这湖的美，只用了五个字："天下第一湖"，因为我生长西湖，曾游过日内瓦湖，也总算到过历史上称誉的五湖，但像这样完整无缺、山高水广、峰峦起伏、开合自如、变幻多端的山湖，真令人倾倒。而九华山、黄山出现在偌大的镜面中，确是"湖里青峰影更真"，如此奇观一时都到眼前来。人仅知皖南有双山（黄山、九华山）之美，有此一湖方成珠联之势，才知不游此湖是虚此一生了。

我是在重病中离开干校的，总算坚持到"毕业"才回沪，我对这"恩怨交集"的山城，还没有忘情。我想起了那亲自栽植的梨树，如今可能浓荫覆地了。我也想去看一下我住过的陋室，如今景物依然。徘徊其间，真有些如幻如梦。那天晚上歙县园林公司要我为新建在练江边梅林中的"报春堂"题一对，我写了"流水浮云，今日重来浑似梦；暗香疏影，白头犹及再逢春"。当时确有这种心情，我没有一丝一毫的藻饰，也未存有多少的风雅之兴，如果没有过当年的山居，今日的重到，那是无法理解的。我如果能有机会十二年后再临其地，那又是一番境界了。人间晚晴，自信是能争取得到的。

在歙县，那座徽州府衙门建筑，被一座活像商业大楼的县政府代替了，我怅然者久之。这样一个处具有历史文化名城的代表性建筑，在大文学家龚自珍文集中被提及过，又在清人麟庆《鸿雪因缘图记》上被绘印过的名迹，而今轻轻地消灭了，差幸徽州富商建筑区的斗山街尚无恙，那真是刀下留情。应该认识到，拆完木构建筑是算不了历史文化名城的。益证地方历史，我们不能忽视了。

1984 年 6 月

闲话西湖园林

春节前,我因事去杭州几天。又一次见到"孤山游客成千万,愧我长吟行路难"及"不闻銮雷声,但见人轧(方言,指拥挤)人"的北湖与灵隐的景况。

"旧游湖上等行云",这已是快半个世纪的事了,还是在少年时代,春秋佳日,游西湖、吃醋鱼,尽一日

[清]佚名《杭城西湖江干湖墅图》(局部)

之乐。那时，游西湖也分水游与陆游两种。水游呢，从湖滨上船，一叶扁舟，那些有名的三潭印月、湖心亭倒不是必游之处，而游的却是湖边的园林别墅，杭州人称为"庄子"。著名的有刘庄、小刘庄、蒋庄、汪庄、郭庄、高庄、杨庄、许庄以及南阳小庐、俞楼等。它们都分布在南北湖两岸：有的依山，有的面水，亭台交错，楼阁掩映。但都有一个特征，没有不借景湖山的。雍容华贵的刘庄，建筑装修都是红木紫檀雕刻的，室内陈设也很讲究。许庄却以柳竹为主，以淡雅出之。而后起的蒋庄与汪庄则又是藻饰新颖。我们舍舟上岸，到庄子中品茗，管理人员殷勤招待，临行相送，赠以薄酬，宾主都谦和愉快。从早到晚也没有一定的计划，能游几个，就游几个。杜甫诗云："兴移无洒扫，随意坐莓苔。"我们就是抱着这种态度，难得浮生半日闲或一日闲的。

说到杭州园林，除城中的市园外，主要是西湖这些"庄子"了，可说是杭州园林的代表。"庄子"应该称是郊园，郊园多野趣，它主要是结合自然。西湖的"庄子"一方面着眼于"借景""对景"，同时因为大多数临湖，除了安排适当建筑外，也掇山凿池，同市园差不多。而其选址以里湖、南湖为多，因为湖面不大，有山可依，宜于建园。围墙不高，也有用竹篱的。当年袁枚营随园于南京，无园墙之设，因地制宜，其源出自西湖"庄子"。

最近我作了这样一首诗："村茶未必逊醇酒，说景如何欲两全。莫把浓妆欺淡抹，杭州人自爱天然。"淡妆是西湖风格，这些"庄子"粉墙黛瓦，那么雅洁，而这些粉墙点出了西湖的明静。软风、柔波、垂柳三者的交响曲，奏出了湖面的旋律，陶醉了多少的游人。从亭廊、水榭中可以望见远处的层峦翠色，晓雾朝霞，暮霭晨光，空灵得使你销魂。这些难以忘怀的境界，永远萦绕我的脑间。西湖的园林（庄子）是人工与天然结合的巧妙构图，舟中的动观，与园中的静观，相互形成了西湖的特色。

西湖的花木，四季显其所长。孤山的梅，里湖的荷，满觉陇的桂，万松岭、九里松的松，韬光、云栖的

［元］钱选《孤山图》（局部）

竹，真是各臻其妙。这些地方，不以人工的藻饰损于天然的姿容，它是天然的园林，如同一个朴素的村姑，天真得亲切、动人。而群山秀色，溪流淙淙，纯洁得教人感到俗气全消。龚自珍是杭州人，他用"无双毕竟是家山"来赞誉西湖，并非是没有理由的。

宋人姜白石孤山词有"凉观酒初醒，竹阁吟才就"之句咏西湖的建筑，幸运得很，我居然于雪后初霁，在阮公墩新建的竹阁中品茗。那天的茶特别清冽，从丝丝衰柳中望南山，仿佛水墨描的，而另一面呢，"高楼大厦来头顶，怕见北山落眼前"。它污染了清雅的景观，使人感到惆怅。而遥望南湖总觉得缺点什么，原来雷峰塔早圮了，"盈盈一水成孤寂，莫怪游人论短长"。因为景虚了，自是若有所失，这西湖风景的一笔，是何等的重要啊！过去雷峰塔下，有白云庵，也是个园林，苏曼殊住在庵中，有"白云深处拥雷峰，几树寒梅带雪红。斋罢垂垂浑入定，庵前潭影落疏钟"之句，读罢有些飘飘然，园景无一笔不跃然纸上。如今庵亡已久，而南屏晚钟亦早成绝响，这倚山偎水的西湖名园仅留梦忆而已。

挑灯偶忆，写到此，我总感到西湖是个大园林，它有独具的特色。而这些大园中的小园，更有西湖园林的地方风格。为了扩大西湖的游览，这些"庄子"，如果能逐步恢复，西湖的旅游就丰富得多了。

"风水"与风景

现在人们一提到"风水"两字，很自然地会扣上一顶封建迷信的帽子，多少年来我们搞风景园林与规划建筑的人也不敢碰它了，但它既然是客观存在，这种敬而远之的态度并不科学。前几年有位美籍华人孙鹏程教授专程来看我，就是要讨论这个问题。他说美国哈佛大学藏的中国风水书那真可观呢。我听了只有唏嘘不已。将来恐怕又要出口转内销了。

近日浙江缙云县一位同志来，邀我再去该地，为仙都风景区出些点子，他过去做过这个县的县长。他说面对县政府的那座山，如今已开采了一半，风景减色了。为什么历史上没有去掉这座山，而今日会做得如此彻底呢？原因就在，过去说这山与风水有关，是县政府的"照山"，也就是风景学中的对景，因此没有人敢动它。如今破除迷信，说干就干，"风水"是破除了，但风景亦随之而亡了。这样一来我恍然大悟，好"风水"的地方，有好风景，好风景亦必有好"风水"，我们对"风水"两字不可太草率理解啊！虽然我在讲课时对风水也做过一些科学分析，但今天在"风水"与风景关系上却有了新体会。

今天有不少地方，在开山取石破坏风景上存在着问题。南京幕府山，金陵屏障也，自晋代迄今讲长江天险，与此山分不开，可是今天呢？开得太惨了，南京的大门也在出卖了。镇江南郊的南宫山，幸亏当地政府接受了我的谬论，停止开山，如今整理开放，石矿主任改任了风景管理主任，矛盾转化，我说是"放下屠刀，立地成佛"，已列为省级风景区。损风景、卖石头，不从久长的观点看问题，子孙的饭也被吃完了。过去用"风水"来维持风景，未始没有它的道理，因为"风水"上的所谓龙脉，就是水系，靠山就是背景，照山就是对景，等等。不过没有明言其理，而以迷信方式出之而已。

同样名山与城乡中的名木古树，有封为"树王"，有称为"神树"，这样人们就不敢随意砍伐，而着意保护了。民居中的树是每家世代相传，说去掉了要破"风水"，这样才使家庭绿化永远长存了。

五岳名山，总有一些与风水有关的说法，因"风水"而产生了许多风景点。如文笔峰，因为风景好，象征这地方将来可以出人才，以此命名，寄意甚深。所以我们的风景区与园林构思，皆寓德其中，用以教育大家，用以保护风景。如果仅从"风水"一方面而粗暴对待，似乎缺少一些辩证观点吧！

1984 年 6 月

卓越的建筑家
——陈嘉庚先生

人们说起厦门,总要提到陈嘉庚先生,歌颂陈嘉庚先生,因为他对家乡、对祖国、对侨胞作出了卓越的贡献,他是永远活在人们的心坎中。老实说我对陈先生的认识,还是远在五十多年前当小学生时穿的那双陈嘉庚跑鞋呢。开始知道是一位了不起的爱国华侨,后来他的公司倒闭了,我们从此没再穿上这亲切的跑鞋,为他的破产感到难过。后来又从地理风光图片中看到厦门风光,那地方性很强烈的建筑,便是集美与厦门大学的景色,多迷人的海岸,多醒目的建筑群,一望而知是厦门。因为从事了建筑这行业,本能地对这些建筑有着好感,自动去分析它,有意地去欣赏它,它可以说是具有厦门地方性的陈嘉庚风格建筑。在近代建筑历史上有其不可磨灭的地位,今后要列为文物来保护它。

作为一位杰出的爱国主义者的陈嘉庚先生,在他的思想与艺术境界里是乡与国,因此在他所策划与创造的事业中,无一不体现了他的主导思想。他亲自设计,指导施工，不辞翻工，务使精益求精，在厦门大学与集美的建筑上，真是乡情国恩跃然于建筑物之上，不是只知造房子而没有深入推敲的人。我在海面遥望着厦门大学，多伟大啊，多可爱啊！陈老先生你不是建筑师，你做出了比建筑师更杰出的作品，它是通过建筑手法表现了厦门民族气魄的标志，使每一个人见了，油然产生出敬仰与自傲的情绪。可惜不理解陈先生的建筑家在厦大门前建了某机关。而集美呢又建了不与原来建筑调和的水产学院，这些令人惆怅叹惜。厦大的整体上又插上了与陈老先生的总体设想不符合的建筑。这两座陈氏建筑风格被破坏了，亦可说厦门建筑风格受损了。如果陈嘉庚老先生活着，见此情况，想来必然持杖蹲地，大呼我要告恩来兄了（陈老先生称周总理为恩来兄）。

作为继承先人遗志者，应该理解前人的思想，发扬它。思想是精神文明，建筑既是物质文明又是精神文明。陈老先生的建筑设计并不是没有人指责是复古的、浪费的，他认为在建筑上花点钱是应该的，它是有深远的历史意义与爱国意义的。即使今日在物质条件上有所不足，不能建造陈氏风格，然而我们也不能破坏陈氏风格，乱造乱建，起反面的作用吧。

我不是厦门人，我热爱厦门，我钦佩敬仰陈嘉庚老先生。我是一个建筑史研究者，我认为，对他的建筑风格与建筑思想有开展研究的必要，尤其要肯定他在我国建筑史与文化史上的卓越贡献。"创业维艰，守成不易。"厦门人不要等闲视之啊！

1983 年 6 月

再版《燕知草》读后感

五十多年前还是在中学时代，我爱读俞平伯先生的文章，清丽闲逸、沁人心脾。老实说，我是由平伯先生而知一代大儒曲园老人的，书香衍芬已是四世了。我因为生长西湖，尤其爱读他早年写的《燕知草》集，这是描绘的眼前景物，更觉亲切有味。我曾徘徊于孤山俞楼（俞氏别墅）之下，南湖许庄安巢（俞夫人家许氏别墅）之前。这两处是俞先生当年居停之地，等我去寻踪迹时，俞先生已远游北京了，人去楼空，有些惘惘然。后来我们成为忘年之交，亲受他的熏陶，耐圃夫人（许宝驯），对我视同幼弟，温勉时常。她去世后，我总常在怀念着，她是《燕知草》集中的主角之一。癸丑（1973年）秋日她用陈伏庐翁（陈叔通先生兄）画花笺书、平伯先生题《燕知草》诗赠我，一直悬挂在我书斋梓室中。最近上海书店要影印俞先生这本旧著，老人家郑重地写信来要我将这一幅字送出版社，如今已印在书上，与读者见面了，怎不令人兴奋呢！

前一时期我将近写的一些文字，抽了几篇请俞先生指正，来信说："手书及新作均得诵。文极清丽，若云受弟之影响岂敢当，却亦颇似《燕知草》中文字，窃有同感。近笔衰颓，喜简拙，不复能矣。"可证我与《燕知草》的因缘，非仅仅普通一文学著作了。写到此，正收音机中放出了华文漪唱的《游园惊梦》，我是被《燕知草》与《牡丹亭》两书的境界陶醉了。俞老夫妇都是曲家，他文章中很自然地运用了曲词，体现了曲境，我曾在他那充满文学艺术的"秋荔亭"（俞先生斋名）中听曲，谈文。如今我为此文，是在笛韵声中，又仿佛回到二老身边，共享清福，这些却都是往事了。

我曾经议论过，著名的作家，他们的作品，如果细细推敲的话，必然离不了学力与生活。俞先生写这本《燕知草》时还是风华正茂的盛年，他生长于书香门第，曾祖俞樾（曲园）先生是清末大学者，父陛云（阶青）先生是探花，外家杭州许氏是名门，母亦工诗，童年并亲受曲园老人启蒙，十六岁离开苏州，去京师上北京大学。后来又远游了欧美。他所读的书，与开阔的眼界，促使其能运用古人与外来的东西，很自然地进入文笔中，仿佛天衣无缝。人家说俞老文章像晚明，我说他的生活亦有些仿佛，整年不穿袜，冬天光脚着棉鞋，夫人死后，居间内仍然丝毫不动，整天陶醉在书中、曲中。我见他顾曲时拍板的神态，那真入画了。这本《燕知草》集，不仅仅是文章好、境界好，也是引导后一辈知道，怎样学写文章，怎样来下功夫，因为口语代替不了文章，白话文不等于白话，写单纯的生活亦不过生命的记录而已，从这书中我们可以获得学习写文章的消息。

《燕知草》集从初版到再版，时间经过了半世纪多，俞先生今年八十六岁了，老健犹客京华，他来信说很想回到苏杭一次，遗憾的是老夫人下世了，吐词凄婉，这亦人之常情。但是我还盼望他能来，现在再重读了《燕知草》集，他仍如初阳下的一朵湖上素莲，明洁地摇曳在波光中，依旧发出那诱人的清香。如果今天我们上杭州西湖游的话，这书还是一本极富有诗情画意的导游书，他教人怎样得到美，怎样产生情，怎样脱离低级趣味，怎样沉潜在大自然的怀抱中。读者必不以我言为非也。

1984 年春

翠岛深情　绿水难忘

我不知如何描绘这厦门向晚的五月天，绿色的水，淡红色的夕霞，白色的片帆。我初次领略到海的幽静美丽，尤其这迷人的绿色，几乎沉浸了我整个灵魂。我甘心做一条海藻，在波浪中任你浮沉。老实说，希腊的爱琴海，我曾经见到过，那色彩自然够动人的了，然而在我的感情上仿佛看维纳斯雕像，确是名作，可是终不及我看唐代塑像那样入神，这其中的奥秘，在异国的人，是会油然而生的。厦门是祖国的门户，这绿色的海面，她吸引了多少从海外来的亲人们，祖国之爱有如大海，这话一点不错。我凝望着这比翡翠更澄澈、比绿油更浓润的一碧平波，感到个人的渺小、海的伟大，从出世之念回复到装点山河的雄心，祖国依靠我们来建设啊！

我到厦门来，这次是第三次了，当然主要是为了城市与风景规划。我有幸参观了整个厦门，厦门与鼓浪屿仿佛是水晶盆中的两颗大小不同的翡翠，放置得十分妥帖，连水也映得透明绿色了。我虽是生长在西子湖边的人，那雅洁的明玉与她来比，真如姐妹俩，我爱我绿柳杭州，同时我亦爱厦门。

厦门的美是水、山、树木，水有色有容有态，这三者形成一个不可分割的整体，它之所以能够产生这样的妙境，主要是生态的平衡。曲港浅滩、海礁小岛、水流不息，我至今还迷恋着筼筜港的渔火风光。这个深水港打破了厦门海岸线的平直，正如山水画中来此曲笔，画面变化多了，水流也起了自然的周转。本来海水可以将厦门岛环绕而行，今天看来似乎有点不确当的，筑了集美大堤，起了一些阻流作用。厦门是有大片的丘陵地与大小山头组成有起伏的山容水色岛城，因为山与石多了，有些不珍惜呀。奇峭突兀的山石作为建筑材料在乱打，破坏景观；自然的山麓用推土机推平，以平原城市建设的方法来对付海岛城市。聪敏的建筑师们，我们不能忽略"因地制宜"这个辩证的原则，更希望大家不要再将厦门风景特色的石峰乱打。老实说我初次认识厦门，还是靠鲁迅先生（时在厦大任教）当年在南普陀的一张照片，他的背景就是厦门的象征——世界上独一无二的大石头，鲁迅先生真伟大，他一下子就抓住了厦门风光的特征。今天海水的循环受到了阻碍，山石不加以保护，树木不大力栽植，即使全部高楼大厦，有谁说这是厦门呢？美国的旧金山的形势有些像厦门，然而他们对自然景物是严格保护的,那周围几十公里的国家公园,一草一木也不能动。记得在一个海湾上看海,其情宛如过去簧筲港,但是不科学的措施往往造成无可弥补的缺陷。今后我们面对这些情况,千万要慎重啊!要手下留情!

因为绿色的厦门海水,留给我不可磨灭的印象,虽然回上海近十天了,这神秘的绿色无时无刻不逗留在眼中。我爱她,想念她,我希望大家珍惜这份祖宗遗下来的翠玉——厦门。朋友们,今后如何来烘云托月,巧于安排,我们要致细着意地来描绘啊!亲爱的同行——建筑家们!尊敬的福建与厦门领导!

1984 年 5 月 18 日

蓬岛仙湖

最近，101岁老人苏局仙先生书一联赠我，写的是："山水外极少乐趣，天地间尽是有情。"这位老先生真写出了我年来的心情。因为到处搞旅游，许多山林开始渐渐变为城市了，我对它们的确不感兴趣，我钟情的还是那些未曾开发过的处女地，是多么的天真、纯朴，令人陶醉。如今大家赶浪头去玩胜地普陀山，老实说我五十年前去过的景象，如今还那么鲜艳地留在脑间，正如少年的朋友，白头不忍重见，只怕重游，免伤老怀。虽然当地是那么一再地敦促我去。

岱山紧靠普陀山，这次我海上之行，巧妙地避开了"胜地"，独自在蓬莱仙境（岱山又名蓬莱岛）周旋了几天。我带回了海上的云烟、沙洋滩上的贝壳，它们冲去了我身上的俗氛，我感到自在、渺小，仿佛变成一只闲鸥，展开白翅，背负苍天，翩舞在雪浪之上，随着浪花，永久不尽地在前进着。

记得那天清晨，船在两山之间行驶，平静闲逸，真不信大海间的岛屿，却宛如江边湖上，原来岱山有大小岛一百多个，轻盈地安排在海上，因而景物曲折多变，形成了"蓬岛仙湖"的特征。摩心岭是岱山的主山之一，山上有个慈云庵，从庵往下望就是这个境界。我为此庵题了一联："潮有音，松添韵；山不尽，水无边。"它是海中的一个湖，比西湖开朗，比太湖深幽。海寓湖意，湖存海景，都是奇观。小可变成大，大可变成小，都是人间奇景。

海岛人们向往的是沙滩，普陀山有个叫千步沙的地方，成为该山一景，可是岱山的沙洋那绵延五公里的沙湾，使我"乐莫乐新相识"，一下子遗忘了千步沙。我信步沙上，沙坚如砥；不怕人的水鸟，从身边掠过，一下子迎浪而去。而我的柔情亦随之而俱往。海是平镜上镶嵌了银边，而银边又那么地起伏不尽，图案之美非能工所能望及者，神往二字于此才能体会到。我爱这四周的寂静，与这一片的恬适。这清静之地没有丝毫的金粉气，也没有洋气，雅洁如一个高人逸士。

岱山之岛山峦起伏，一直延伸到海中，它与小岛相呼应着，如今还没有为建筑物所切断，一气呵成，舒展如一个长卷，点点风帆，用笔是那么轻灵，而渔舟撒网，飘忽自如，蓬岛清味，便是在这富有诗意的包围中得之者。岱山的海产是太丰富了，从鲥鱼一直到龙虾，可说应有尽有；人们只知用鲜美两字来形容，我说似乎是不够的，它的好处在于有情味，这情味包括了海景，正如饮村茶一样，妙在亲切之感。

　　山多松，茶花亦盛。而香茗填谷，引泉细品，我去时正是桂花盛开、芬芳盈袖，因此我在慈云庵曾有"三香"之答：茶香、桂香与佛前的檀香，幻成实景外的虚景，成为一处颇耐寻味的神秘岛境。本来岱山的寺庵为数很多，是普陀山佛教朝拜的"副区"。原来我国的风景区，都有主副之设，山东泰山之与长清，杭州西湖之与西溪，皆有例在前，那么普陀山之与岱山亦其情相同。我希望主持旅游与风景者，以及游者，能懂得这两者的关系，那才可算全面规划、全面重视，尽兴得之了。

1983 年 10 月 4 日

怀念林徽因

时间过得真快,记得1955年夏在北京,那时林徽因先生去世不久(1955年4月1日),梁思成先生病在医院,我们亦正受建筑界复古主义的批判,心境是沉重的,幸而不久梁先生恢复了健康,我们重聚之时,相对唏嘘而已。

我知道林先生是因为徐志摩的关系,那时我还在童年,对这位才貌双全的女作家,是景仰、是崇拜,脑海中留下深刻的印象。后来我与林梁二先生变成了同行,因此了解得更多。尤其我因编写《徐志摩年谱》,又进一步对这位与他深有交谊的朋友,下点功夫。在我的回忆中,林先生是博通众艺、娴于辞令、富有才华的一位女作家与建筑家。她的那种充满爱国、爱文物、爱朋友的热情,我至今时时在回忆中。

1953年夏,林梁二先生在清华园家中小宴,招待我与刘敦桢先生,那时她身体已不太健康,可是还自己下厨房,亲制菜肴招待客人,谈笑仍那么风生,不因病而有少逊态。次日晚上,是郑振铎同志以文化部与文物局名义，请我们在欧美同学会聚餐。林、梁二先生参加，刘先生亦在座，另外还有北京市副市长吴晗同志等，都是考古与古建筑界的知名人士。那晚主要是谈文物保护工作。当然无可否认的，因为建国之初，急于基本建设，损坏了一些文物与古建，正如席间郑振铎同志呼吁的那样，推土机一开动，我们祖宗遗下来的文化遗物，就此寿终正寝了。林先生的感情更是冲动了，她指着吴晗同志的鼻子，大声谴责，虽然那时她肺病已重，喉音失嗓，然而在她的神情与气氛中，真是句句是深情。她生长在北京故都，又与梁先生长期外出调查古建筑，她对古建筑是处处留恋，一砖一瓦都滴过汗，这种难以遏止的声色，我们是同情她、钦佩她的。

我爱读林先生写的诗文，尤其访古游记、杂记等，是真能知建筑之美、建筑之神，即使断井颓垣，残阳古道，都描写得如诗如画，后来有人批判说是怀古情绪，那是错怪了她了。我说林先生是爱祖国山河、爱民族遗产、爱劳动人民的创作，她热爱古代人民对国家付出的辛勤代价，对他们表示了崇高的敬意。这些在今日提出爱国、爱乡、爱家的时候，我益想念林先生的满腔热忱了。她是一位名副其实的中国作家、中国建筑专家，虽然她受过长期的西方教育与文化，但仍不失为一位值得景仰的中国人。

　　林先生离开我们有这么许多年了,我还珍藏着她与梁先生商讨中华人民共和国国徽时的一张照片。1978年冬,我在美国纽约筹建中国庭园"明轩",在徐家找到了林先生写的那篇纪念徐志摩的文章(《纪念志摩去世四周年》),真是文情备至,又有观点的文章,因为国内几乎失传了,我为她复印了一次,这就是目前能见到的印本。今日我们能重刊林先生的著作,那真是"音容宛在"了。

老去情亲旧日游

《浙江日报》钱塘江副刊来信，要我写点东西。像我这样一个平凡的人，又有什么好写呢？可是这个命题却触动我的乡情。前年我回杭州，乘汽车到龙游路去。我向售票员买票，说了一声钱塘门，她说不知道，我接着说昭庆寺，她又说不知道，并露出了不耐烦的样子。停了一会，她才说："少年宫？"我点点头。总算解决了我这似曾相识归来人的迷路问题。一个投老情怀的人，今天薄负时誉，常常饮水思源：我的知识是从哪里来的？因此对童年少年时代的老师，时刻在回忆着。去年我为《上海教育》写过一篇《童年的老师》，就是抒发对小学时代的故乡那位女老师的依恋之感。今年清明，我为在浦江去世的那位前蕙兰中学图画老师张子屏先生的墓竖了一块碑，我们四个学生署名：董希文、朱畅中、裘昌淞与我。接着杭州市二中校庆（蕙兰中学是它的前身）我题了"如蕙之洁，似兰之芳"八个字，这是蕙兰中学的校歌。今天如果我们能照此办学，也可算不错了。因此想到校歌的重要性，它能教育人，使人老去难忘。前几年我因永康方岩的风景规划事,停留在当地。在荒冢中找到了我初中时代的启蒙老师胡也衲先生墓,我联合叶浅予、申石伽、童友虞几位学友,为胡先生墓竖立了墓碑。我因而在《文汇报》上写了一篇短文,居然引起教育界的震动。为师竖碑本是极平常的事,可像我这样后来曾拜大师张大千为师的人,对早年的师辈很有可能遗忘,从庸俗的世界观来说,常常尊重大师、教授,对真正流汗培养的先生,却淡忘了,甚至不肯承认。乡土的怀念,是由情产生的,师谊是一种最高尚的情操,亦是产生乡情的重要因素。

龚自珍有一句诗:"无双毕竟是家山。"他爱西湖,当然我也爱西湖,但我更爱浙江的山水。我总觉得"明秀"二字,对它来说,确实担当得起,它有山有水,那种空灵清逸的境界,我觉得全世界少见。"村茶未必逊醇酒,说景如何欲两全。莫把浓妆欺淡抹,杭州人自爱天然。"西湖如此,浙东西山水何尝不是如此?景观没有特色,就不能迷恋人。最近我应厦门市之邀去商略风景规划,火车在浙江境内行,一草一木我都不轻易放过。尤其闸口的采石场与将台山下的水泥厂,如今不见黑烟、不闻机声了,多令人高兴。

绍兴的石桥,可说是天下第一,我对它有过"垂虹玉带门前事，万古名桥出越州"的赞扬。随着不符规划的市政与交通设施的出现，石桥一天一天少下去。五年来我进行了调查与研究，成《绍兴石桥》一本。"赢得越州千古誉，一图一字汗盈盈"是我的心境，可是现在有很多桥仅存于我书中了，河也填掉了，言之唏嘘。水乡、桥乡、醉乡、兰乡的绍兴，如果桥与水没有了，水乡、桥乡之名将随历史而逝去，如何谈得上是我国历史文化名城之一呢？同样浙江东西的桥还是名闻天下，如永康武义的廊桥、山区的溪桥、水乡的石桥，都是代表地方风味。

"老去情亲旧日游。"午倦抛睡，一口气拉杂写了这些，"乃翁依旧管些儿，管竹管山管水"，以答编者雅意。

1984 年 5 月

钱塘江边

正是大伏天气,虽然入夜,但白天余热还是蒸人。何以解暑?求心地清凉。瓜棚小坐,不由想到——

1980年住在西子宾馆编《中国古代桥梁史》。这项工作是茅以升老先生主持的。他于杭州有感情,他设计的钱江大桥,平添杭州一景。茅老曾邀我同游大桥。在桥头,我作诗赠他:"之江三曲皆成画,十里湖山尽入诗。欲写此桥难下笔,滩声帆影水迷离。"老人报我莞尔一笑。钱江大桥的成功,除桥本身的雄姿外,主要是在于选址的高明。那高耸的六和塔,长虹似的桥身,成横直线条的构图,大有"若说此桥形胜美,输他千万落江湖"之感。那天我们在江边盘桓很久,不过两人感觉沿江仍是老样子,和解放前相比没有什么大变化。

今年6月间我到杭州,为去梅家坞又重过江边,但见风光远胜以往了。车行大雨中,江上一片迷蒙,而滨江大道已筑得如此平整。成功之处在没有用开山加宽车道,并且临水又植上了大树。由树丛中透视江景,分外有层次。那三曲的之江,蜿蜒轻流,平平静静;越山青青，在雨中浅画得比水墨更空灵，几乎看不出，在看不出中又露出极淡的笔痕，很是恬适。车到梅家坞，停靠在凉亭旁。这座古色古香的建筑，如今已可算稀世之宝，总算修好，不啻是梅家坞的景致的前奏曲。这地方我已二十年不到了。记得那年在此品茗，泉冽茶香。这些回忆逗起我此番的重游。这里山居俨然，枕溪石桥，合抱的樟树斜附于淙淙的清流上，从桥的环洞中所刻画出的山景，真是佳者收之，无一处不美。雨仍是在下，四山都是云雾，在云雾中看山，只可依稀得之。梅家坞的山水没有黄山来得峻险，然而在湿云密布中，其境界仍然是能随处皆有，应该说"山不在高，有雾则灵"吧！梅家坞的民居，本来可说是西湖山区的典型，白墙黛瓦，掩映于翠竹长松之中。高下相间，井然有序，亲切得近乎迷人。孩子时到龙井上坟，那山麓人家也是如此，可惜今日只余梦游了，梅家坞也渐渐地改了旧貌。风景区的民居是风景的重要组成部分，国外非常重视。我曾在日内瓦的山中、旧金山的海边，享受过几天村居之乐，那是在高楼大厦中生活者远远梦想不到的情趣。人家以此来赚取游客的钱，而我们往往是忽略了。

在山中啜茗，很扫我兴。本来"应信村茶比酒香"，而眼前的却是温水浸茶，香从何来？味又不知何出。甘年的厚情，顿时了断。我很自悔，不应该重来，本可把那美好的回忆保留至永远的。我从这里联想到旅游事业的招待工作，每一个环节都不能忽视啊！

时近午夜，天也渐渐凉爽起来，我不自觉地又想到了江上清风、山中明月，如果在钱塘江边，容我一夜清游，那真飘然若神。可惜我还是在斗室之中。

1984 年 8 月

钟韵移情

最近上山东潍坊市参加城市总体规划的评议会。在住所附近，新建了邮电大楼，每隔一小时就有悠然的钟声传来，这钟声勾引起了我童年与少年时之心。半世纪的流光，是那么匆匆地如东去的逝水永远不复返了，然而旧时的印象仍忽隐忽现在脑海中磨灭不了。

我爱我旧时读书之地的钟楼，它是校景之一，成为学校的重要标识。清晨，当钟声响动时，老师与同学们穿过树林小道走廊进入教室去，钟声人影，织成和谐而亲切的意境，这就是弦歌之地，充满了师生之爱、同学之乐，我们沉潜在温暖的师生情谊之中。如今绝大多数的老师已做了天上神仙，健在的也须眉尽白矣，而这钟声永远绵延着。我爱这钟声，它是静中有动、动中有静，有节奏、有韵味的一种声音，能移人之性情归于纯正。尤其在下课之际，钟声响了，老师的音调随着钟声慢慢地缓和下来，终于停止，我们随之走到教室外活动。

如今学校改用了电铃，那种急躁的声音，顿时使上课的老师大吃一惊，如果心脏不好的话，真有些受不了。

同时又带来了另一方面的缺点，铃声只限于教室内，校园中一无所闻，对整个学校来说效果不大，而且学校也不应该缺少这一种声音美。我到如今久久难忘的学生生活，就是钟声鸟语；可惜现在几乎都听不到了。偶然在校园中有一二声鸟鸣，辄使我神往不已。我常常在林下有这样的性情，同样我也回顾四周，同学中也大有其人，可知爱好是天然啊！

小学时代的铃声也是富有诗意的。我记得那位老工友，按时按刻既负责又沉着地摇起了铃，从他的神态中表示是如此的忠于职守，和对孩子们的喜悦。我们从他身上看到纯朴的工人品质，他虽不是老师，对我们这些小孩子们也进行了身教。

铃声在小学校中，是符合小孩们的心理的，有它不可思议的效果。另外，古代有"振铎"之称，这里也许还有遗意存在。中国人对声音的效果是深思过的，卖糖的要打锣，当当的小锣声与"糖"的发声一样。卖粥的要打竹筒，这笃笃的声音又与"粥"为近。用得多么巧妙啊！电铃用在火车站还说得过去，因为火车是正在起程了，急躁的声音，在感情上可趋于一致。用在学校则有待于商榷了。我认为学校可以用钟声（小学用铃声），也不必打钟，用钟声录音在扩音机上播放，即不更进步多了吗？潍坊市邮电局的钟声便是如此办法，它为全市的人准确报时，又平添了潍坊"声景"。南归后钟韵犹绕耳际，留下了轻灵的回忆。

1984 年 9 月

豫晋散记

登开封铁塔

河南、山西已是快十年未到了,今夏(1964年)暑假偕喻君维国,从7月中旬出发,至8月下旬回沪,漫游了豫北与晋南,虽说是盛暑的季节,然而伟大辽阔的祖国土地,有着不同的气候,在这些地区,确是清凉宜人,无异做了一次有意识的避暑。但所见所闻,对我阔别十年的人来说,真是变了样,一时不知从何说起呢!

7月16日午前,上海的水银柱已升到三十八摄氏度多,大伏天气了。傍晚在浦口轮渡上已是四十摄氏度左右,车厢中的电扇送来的只是热气,人已有些倦意了,不觉渐入睡乡。第二天清晨到了开封,半夜滂沱大雨,顿如清秋,站上丰收的汴梁西瓜,虽足足有二十多斤,却一时勾引不了我的食欲,只希望在归途中带上两个,给在家的孩子们来个皆大欢喜。记得过去我曾买过一个二十五斤的西瓜,整整吃了两天,其情宛在目前。

开封是北宋时的汴梁城,京师所在,因为地濒黄河,屡为水浸，这历史上的名都还压在两米以下的黄土中，犹待今后新中国的考古者发掘呢。但是十四年来，这城确是改变得快，修整的市容、热闹的相国寺、矗入云霄的铁塔，以及相国寺龙亭等，都是吸引游人的去处。《史记》上所说的"吾过大梁之墟，求问其所谓夷门，夷门者，城之东门也"的怀古情绪，早为今日旧城新貌的境界而转移了。

祐国寺塔在开封城东北，现今铁塔公园内。这塔全身以铁色琉璃砖贴面砌成，故名铁塔：凡十三层，据实测高54.66米，建于北宋仁宗庆历四年（1044年），平面八角形，由砖壁内可盘旋登至最高层。黄河巨流，奔腾槛底，闾阎扑地，平畴无际，一一尽入眼帘了。这塔的外形秀挺，铁色的琉璃砖在阳光下闪闪炫人；而蓝天白云，苍松垂柳，在这公园中每天不知有多少劳动人民，来此休憩，借以消除一天的工作疲劳呢？

铁色的琉璃面砖一共有二十八种标准块，这可以用来砌出墙面、门窗、柱梁、斗拱等等。是我国古代劳动人民在材料技术方面的一个伟大创造。精美工致，它无疑是一个铁色琉璃制品，多么的灵秀可爱。从建塔到现在，它经过了地震三十七次，大风十八次，水患十五次，雨患九次。尤以明清两代的黄河决口影响最大。抗战开始，敌人隔河以炮击，铁塔负伤累累，可是正如中华民族一样屹然不动。解放后，铁塔经彻底修缮，洗尽了疮痕，装点得很齐整了，形成开封市的重要特征。当我登到最高层的时候，凭栏四望，真的是"江山如此多娇"啊。铁塔前有铜佛，座高二尺，佛身高一丈六尺，硕大无比，此祐国寺遗物，北宋时所铸。

繁塔与铁塔齐名，原名兴慈塔，因有繁姓居其侧，故俗以此呼之。塔建于北宋太平兴国二年（977年），平面六角形，现只存三层，乃明初信"铲王气"削改之余，但是高度仍是相当可观。这塔的建造年代比铁塔早，却已经用标准面砖来处理塔面的装饰，塔上砖面上有着各式各样形态的佛像与图案，与铁塔一样地使我们每一块砖都耐看，不过后者属琉璃制品而已。应该指出铁塔与繁塔是今日研究宋汴梁城最重要的历史标识。

龙亭在宋故宫最后的地方，明为周王府，今遗址开辟为龙亭公园。亭位于六十余级高台上，踞台而望，收全城于一览中。其前之潘杨二湖①，则一叶轻舟，供游者荡漾垂柳藕花间，此一片清波给开封城平添了一些江南的风光。闻名天下的相国寺铜佛像，早为军阀毁去，如

---

① 即潘家湖及杨家湖。——编者注

今建筑修整后作为文化馆,四周的商场百货杂陈,又是游开封者必到之地了。

郑州所见

在开封逗留了三天,7月19日的清晨到河南省会郑州,车站有学生刘云星君来接,他是一位印尼华侨,归国完成了大学的课程学习,毕业后又从我专门学古建筑两年,如今在郑州工作,他热爱祖国,更热爱祖国的建设事业。他曾告我,他的弟弟今年亦大学毕业了,分配在上海工作,妹妹又考入了大学,不是祖国的培养,像他那样一个小商人的家庭,是无法做到的。郑州是一新兴工业城市,南北东西交通的枢纽,因此城市建设发展得特别快,旧城仅是今日郑州市的中间一小部分。几年来市政建设与绿化发展得快而好。从新造的车站,直到新的行政区,一路浓荫交加,要不是刘君引导,我几乎无法找到数年前曾去过的河南省文化局所在地了。

在郑州看了新建的几处公园,因为郑州的人口增加快,相应地文化休憩的地方要扩大,这些公园都是大面积,而且结合了展览室,在设计中又保存了古代文物,如商代郑州城的遗址,是研究我国古代城市的重要实例,在公园中就地加以保护,与四周的绿化配合得很好,参观的人都可以受着一次爱国主义的教育。新中国的一切都为着人民的生活与幸福,更注意着人的思想品德教育,郑州新建的几处公园,使我体会到新旧社会的不同。

在郑州遇到许多从上海去的人,有土木建筑工程师、工人,有纱厂的先进工作者,以及其他各工作岗位的人,他们在郑州已好多年了,与郑州的人民都是今日新郑州的创造者。我在郑州三天,除饱餐了河南名菜外,也尝到了地道的上海味,听到很多的乡音(上海话),几乎忘身在中州了。"志在四方"是新中国人民的豪迈怀抱,郑州今日的辉煌成就,显示了这一点优越性。

离开郑州,省文化局派了一位文物工作队的同志陪我们出发。他是南阳人,还不到三十岁,北京大学历史系考古专业毕业的,是一位农民出身的知识分子,新中国文物工作者,几年来在河南从事地下考古的工作。我们有此诚朴热心的良伴,更觉得旅途之方便与温暖了,此后他一直陪同着我们,直到送出河南境才回郑州去,盛情很是可感。

嵩山之行

7月21日晨，乘汽车由郑州去登封，经密县，十一时半达县城，回思上次来此，为时未能算久，然一路坦道，屋舍俨然，过去土路窑洞已不复能见，甚矣建设之快速。记得当年阻雨困于登封，实因土路未能行车所致。

嵩山主体在登封县西北，由太室少室两山组成，西南与伏牛山相接，余脉东去，止于密县中部，绵延约六十五公里。因为它地处中原，所以被称为中岳，与东岳泰山、西岳华山、南岳衡山、北岳恒山，合称为五岳，峻极峰高一千四百九十二米，为嵩山最高峰。山不但以气候凉爽、风景雄健而著世。由汉以来历北魏唐宋，所遗石刻古建独多，盖当时封建君王，皆以嵩山为避暑的地方，以距洛阳很近。而少林寺拳术则更为大家所熟悉的了，如今该寺后殿，地砖上累累窟窿，即练武之遗迹，偏殿四壁绘武术壁画犹历历可见。

中原山水与东南稍异，正如北宗山水与南宗山水一样，这个道理如果不登嵩山，所领悟之处，自有浅深。嵩山之行，对我来说，确是一件快事。嵩山望去紫褐色，土是赤红，山间苍翠的树木，又是那么浓郁，云烟出岫，石骨峥嵘，其色彩之鲜明，轮廓之矫挺，正如唐代大小

[明]唐寅《嵩山十景册》之二

李将军①的一幅金碧山水画，只可惜缺少楼阁的点缀。然而嵩岳寺、中岳庙一面，还能仿佛似之。至此方悟北宗青绿山水，以朱砂打底，上敷青绿，再以金线勾勒，其原有所自也。嵩岳寺，原为北魏的一处离宫。古塔一座巍然矗立于山间，建于北魏正光四年（523年），是我国现存塔中最老的一例，也是唯一的一个平面作十二边形的塔；高十五层，第一层特高，上均作密檐，计约四十米，外形作抛物线状，柔和可意。淡黄的壁面衬托在苍褐色

① 即唐代李思训、李昭道父子。——编者注

的山下，雅洁挺秀，令人望之神往、流连忘返。我盘桓山间到暮霭沉沉之时，方跨马去法王寺与会善寺，到灯火灿然之际，始回到县城。在途中看了唐天宝三载（774年）嵩阳观碑，这碑是唐碑中的极则，造型雕刻之美，表现了唐代艺术的雄伟风格。北京的人民英雄纪念碑设计，形式是受此影响。

少林寺距登封县城十四公里，在少室山下，如今汽车可达，是佛教禅宗名刹，以历代塔林（僧墓）与石刻称世。寺倚山面峰，松林如盖，清溪若奔，宛如一幅宋画。上次（1956年夏）来嵩山，因坠马伤胸，未能到此，这次一路看山而来，无异将长卷舒铺，逐陈眼底，到少林寺是卷末画的顶峰了。这天中午天气明朗，我有机缘看

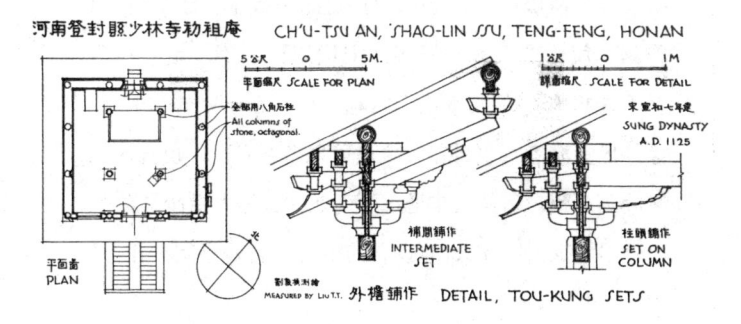

梁思成《河南登封县少林寺初祖庵》

到"少室晴云",归途中又是蒙蒙细雨,更使我饱尝了湿峰烟霭,与新建成功的辽阔的嵩山水库。

少林寺的建筑范围极大,可惜主殿藏经阁等为军阀石友三所焚去,摧残了这历史名迹,如今有文物保管所专门负责嵩山的文物与接待各地的游客。我曾在寺后一座宋代建筑名初祖庵的石柱上,看到丁丑(1937年)四月傅沅叔(增湘)与徐森玉(鸿宝)二老的题记。湘老已辞世,其后人忠谟、熹年与我友善。森老如今以八十四岁高龄,犹任上海市文物管理委员会主任与上海博物馆馆长,老而弥健,愉快地为人民服务。他如果重游的话,见了新的嵩山,不知作何兴奋之词了。

中岳庙是入嵩山的大门,旧为历代祀岳之处,整个建筑群雄大完整,新近又修整了一次,如今并设有招待所,夏日游嵩山下榻于此,真是凉爽极了。庙中有百代碑刻,汉代的石阙、石人,宋代的铁人等,足够逗玩。至于峻极峰以及太室三十六峰,少室三十六峰诸梵刹[①]等,足够游者尽兴游览。今后可以游罢龙门,再登嵩山,然后到郑州,可由火车通东西南北,真是太便捷了。

在县城中,承当地政府的招待,居处小院一角,窗

---

① 即佛寺。——编者注

前苹果绚红，枝压南墙，而晓山凝翠，又时时映我槛前，几日倦游，复我疲躯，临行握别，不尽依依，我频频对大家说，还拟作第三次重游啊。

杜甫故里——笔架山

8月24日从嵩山到孝义，今巩县城所在，巩县以北宋诸陵著世，而北魏石窟寺又是我国石窟艺术宝库之一，皆为大家所向往一游的地方，至于诗圣杜甫故里，恐是更为人们乐道的一个名迹。

出巩县城外东北半公里到南窑湾村，村头有一座笔架山，顾名思义，这黄土冈有些形似笔架的缘故。山下围绕着几百户人家的村落，村前有东泗河涓涓向北流入洛水。这便是诗圣杜甫故里，缓步至此，我不觉吟起他的"休怪儿童延俗客，不教鹅鸭恼比邻"的诗句来了。山下有一面向西南的黑漆门楼小院，院内有着一孔外装双扇门的窑洞，窑深二十米，宽二米多，共分四间。前三间保留着原来的建制，洞券砌以古砖，左壁上嵌两个高一米，深阔各半米的土柜。第四间为后人增辟，略小于前室，在唐玄宗先天元年（712年）杜甫就诞生在这孔窑洞里。豫晋一带多高原的黄土层，在过去，民居多利用横向的窑洞为居住与储藏物品的所在，如今这种近乎原始的居住方式，已逐渐为砖瓦房屋所代替了。这一点亦说明了新中国对人民的生活改善是有计划有步骤地在进行着。

南窑湾村头，距杜甫出生窑约三百米的公路北侧，有一碑向北屹立，上书"唐工部杜甫故里"，后书"清乾隆三十一年（1766年）八月吉旦，赐进士出身知巩县事李天墀勒石"。如今又建了杜甫纪念堂。杜甫祠则在旧县城。

从孝义渡洛水，到康店，邙山依洛水之畔，岭上分立着三座墓，最高大的是杜甫墓，东边两座略小的墓，据传为杜甫二子宗文、宗武的墓。杜甫墓前有清乾隆己亥（1779年）春日童钰书，巩县知事陈鸣章立"唐杜少陵先生之墓"一碑，碑后刻《巩县杜少陵先生墓碑记》，为清康熙十九年（1680年）六月，河南杜甫后裔所立。另外在巩县附近偃师土娄村也有一杜甫墓，是清乾隆年间才发现的，从各方面的考据来说，当然前者是可信的。现在每天从各地来瞻仰杜甫故里的人，对这位热爱祖国、热爱人民的伟大诗人的史迹，将永久使人亲受教育着。

访洛阳游龙门

27日晨去康店看康姓地主庄园，往返徒步十四里，至洛水滨，因前日暴雨水涨，未能渡，望邙山下大组建筑，南北绵延三四里，计分住宅区、作坊区、栈房区与饲养区，金谷寨和康家祠堂等。

傍晚抵洛阳，寓国际旅社。大道垂荫，屋宇轩敞，这是新建成的行政区，往西便是工业区了。旧的明清洛阳城，仅是今日洛阳市东部的一角。洛阳的发展真快，我记得过去局促于老车站旁带窑洞的旅邸中，亦走尽了泥泞满街的土路，如今它以崭新的工业城市出现。中州的土壤本宜花木，看夹道接叶蔽天的乔木，娇艳欲滴的花阑，始信宋代李格非《洛阳名园记》所说的"与造化争妙，故岁岁益奇"的话非虚了。这亦不过近几年的事。第二天去龙门，每二十分钟有一班汽车直达，真是方便极了，与顾颉刚先生辛未（1931年）访古游龙门一节中所说"持函见焦区长，承其派民团三人，荷枪护送"的情况，真有隔世之感。

当然，龙门越来越美丽了，数以万计的松柏逐渐满了山头，潜溪寺下的泉水流得那么清冽。泉边遇到一群广州华南工学院的学生，他们在洛阳实习，假日来此清游，其中有着不少华侨子弟，对祖国的河山流露出他们热爱的感情。举世闻名的龙门石刻，他们有的在看，有的在描。而伊水上新建的三拱大石桥，更是他们注目的对象。本来龙门东山要渡河才可到达，游客是十分的不方便，如今有此大桥，真是咫尺可及了。桥的主券跨度九十米，次券跨度六十米，仿赵州隋代大石桥的形式而巨大过之几倍（大石桥仅一券跨度37.02米）。这工程确是不小，而我们的工程技术人员继承了传统技术，加以革新，运用当地的石材，在短短的期间内完了工。如今长虹压水，又平添了龙门一景。

从洛阳去龙门的大道是新开辟的，关林（关公墓）已不在大道中，找了许久才找到，现在是洛阳博物馆所在地。晤老友、洛阳市文物管理委员会主任蒋若是君，他是新中国培养成长的考古学者，十多年来，主持洛阳古墓的发掘工作，做出了出色的成就。我们谈得非常畅快，约我明日看汉宋诸墓及发掘情况。洛阳为了招待各地参观古代墓葬，如今在王城公园特辟了一个古物陈列区，除将数以千计的出土墓志及石刻专室陈列外，又将有典型性的历代墓葬，按原样迁来，内部装了电灯，仿佛北京明定陵地下宫殿一样。不论对群众来说，对专门研究的学者来讲，实在太有意思了。城北须建一工厂，文物管理委员会正在清理墓葬，一位二十三岁的年轻考古工作者，从八米地面下的汉墓中取出四个陶壶，彩画如新，我看了，真是朴美极了。他是中学毕业后，在实际的锻炼中成长起来的。是日又去白马寺察看汉魏洛阳故城。

去潼关的车票已购好了，洛阳市的两位城市建设局长来了，怪我们没有通知他们，要坚留我一天，约我参观市政，与他们讨论一些洛阳园林风格的问题，终于将车票退了。第二天我得畅游了一天新洛阳，晚间大家谈到午夜，宾主都有些惜别之感。他们约我明年4月，再来看甲天下的洛阳牡丹。

在"龙捆堆"

孝义本来是巩县的一个镇，寥寥的几百户，一条旧式的街道，如今火车站的四周，已出现新的城市面貌，僻处田畴中的宋仁宗、英宗二陵，已在工厂厂房的边缘，公路又从其旁绕过了。因此，我们一到孝义，便很快地参观了这两个宋陵。次日，又乘车往西村的汽车看了太祖、太宗等几个陵。傍晚返孝义。

北宋时，在巩县地区的共七帝八陵，因七帝外，加一个太祖父赵宏殷的墓，故有八陵。围绕此八陵，尚有后妃、大臣陵墓，名臣如寇准、包拯、蔡齐、高怀德等之墓。这些陵墓，分布于西村、孝义、回郭镇三区内，群众称为"龙捆堆"。陵皆面对嵩岳、少室，而远倚北邙，蜿蜒似带。唯受当时五行之说的影响，陵地皆东南高而西北低。所以选择此区为陵区者，主要还是土质优良，水位低，适于厚葬，而附近取石制碑皆便。有了这些条件，当然符合当时皇家的要求了。陵的形制，大体相同，不过规模上有大小而已。以太宗赵光义永熙陵为最宏大，真宗赵恒永定陵与仁宗赵祯永昭陵最完整。陵本身称为上宫，另在上宫的北偏西建有下宫，作为供奉帝后遗容遗物和守陵祭祀之用。陵占地面积各在一百二十亩以上，陵体为三阶的截顶方锥形夯土台，四周筑有土瓦墙，中各辟门。其外各设石狮一对，门南中轴线两侧，对称排列着象征大朝会仪仗的石象生[①]，有文臣、武将、狮、朝臣、羊、虎、马、麒麟、凤石、象、望柱等。望柱南有阙台称乳台，再前又有鹊台，是陵之入口了。宋代石刻，造像已渐趋真人化，构图线条秀挺，是其特点。这些高

---

① 即帝王陵墓前安设的石人、石兽的统称，又称"石翁仲"。——编者注

大工整的实物，从北宋初开始，一直到北宋末，完完整整的一套，从手法与风格上可以看出其由遒劲递变到秀丽的过程，不失为研究北宋石刻最好的例证。

在太宗陵园的一个后陵，解放前为人盗过，如今文化馆正在临摹其壁画。这个地区，过去旧社会盗墓之风特盛，现文化馆派人专职保护。河南今年庄稼很好，陵区大路两边，棉田弥望，虽然天那么热，但是老乡们每以瓜果为赠，甘香适口，至感亲切，宜乎大家一路歌唱着"我们走在大路上，意气风发，斗志昂扬"的歌曲，终无倦意了。

永乐宫迁后

8月2日，渡黄河得看潼关雄势，抵山西风陵渡已快七时了。此地是豫晋两省的交通要道，同蒲铁路的终点站，市集很热闹，饭馆的菜做得很不错。晚间在旅舍的院中纳凉吃西瓜，正好有几位芮城的教师乘假日游华山归来，大家谈得够热闹。客地新知，相约明日同去芮城看新迁的元代建筑永乐宫。

从风陵渡到芮城，汽车要经过十余条数十丈深的大沟，高低升降殊惊险，清代洪亮吉《出关与毕侍郎笺》

[元]佚名《永乐宫三清壁画朝元图》

所谓"自渡风陵,易车而骑……土逼若衖,涂危入栈"者,即指此而言。无怪他"早发蒲坂(蒲州)",到晚才"夕宿盐池"了。晋南的黄土层确是江南人所不能想象的。十时到芮城,午餐后,略作休息,即去永乐宫。宫距城尚有四里路之遥,这天气又热,我气喘地在公路上走,身旁有一辆手推板车,两个中学生利用暑假为家人运化肥,车上还空,他们坚邀我坐了他们的车,说可以带我到永乐宫附近他家门口下车。我婉谢数次,终难辞美意,

于是相伴而行。临行道别，二人微笑而去。他俩与我上次受伤在嵩山时为我尽心照顾的那位中学生一样，使我每一念及，难以去怀。

永乐宫是我国之元代建筑中保存最完整的一处，1952年才发现，原在永济镇。这镇是唐代吕洞宾的故乡，元代全真教在该地兴起，重新改建此宫。因为兴建三门峡水库，宫处于淹没区，中央文化部为了保存文物，决定将它迁移到四十五公里外的新址。这地本古魏城遗址，后屏中条山，附近还有清泉——龙泉，风景十分宜人。

现在建筑为山门、龙虎殿、三清殿、纯阳殿、重阳殿等五座建筑，最后的丘祖殿早已毁坏。从1959年3月开始，到1960年6月底，全部迁到新址。到如今，不但原有的建筑全部安装妥定，另外又建了保管所、招待所。这天下午，我们观看了全部工程，晚间便留宿在那里，安静而恬适的大院落，果树累累垂实，槐荫清风，顿时消失了一天的疲劳。

永乐宫的元代壁画，是本世纪（20世纪）最大的美术发现。宏伟的规模，体现出中国美术卓越的风格，其中以纯阳殿的最为突出，题材是吕洞宾的神游显化故事。这些九百四十平方米的壁画从原地揭剥下来，又在新址装配上去，如今大部分已经竣事。我们在时，北京电影制片厂正在拍摄纪录片。中央文化部于1957年起组织了一个工作队，花了七个月的时间，胜利地完成了全部壁画的摹绘工作。去年（1963年）8月，又在日本举行了"中国永乐宫壁画展览"。同时壁画集亦早正式出版，它将为中国古代艺术放一异彩于世界。宫内自北魏以下石刻殊丰，元碑尤为可珍，如泰定四年（1327年）圣旨碑上写着"圣旨俺的牛儿年二月十七日，大都有时分写来"之类，皆是元代的口语。

次晨，我们乘了永乐宫工程队的汽车回城，一路微风拂襟，我轻轻地挥手，作别了这个古代艺术的宝库。午后三时，到风陵渡，乘五时车经蒲州解县①去侯马。车过蒲州，在站上望山下的普济寺塔。这便是唐代《西厢记》故事的所在地，老乡们叫它作"莺莺塔"，这里有"西厢高级人民公社"及"红娘队""小红娘长征队"等名称，是多么的耐人寻味啊！解县是关羽的故乡，关帝庙规模宏大，碧瓦朱槛，殿宇楼阁衬在斜阳下，令人向往不已，惜未能下车为憾。

新绛一日

火车到侯马，已晚上九时，在车站旅馆宿一夜，五日晨去新绛，主要是去调查隋代绛守居园池遗址，与唐代的碧落碑。汽车到新绛站，见城郭俨然，渡汾水入城，这天正是市集，大街上挤满了人，五光十色的货品，瓜类、蔬菜，好容易通过了大街，在市梢一家饭馆午餐后，经鼓楼抵绛守居园。

绛守居园，从隋代起就是官衙，园建在衙的后面，

---

① 蒲州，即永济古称；解县，一般指今解州镇。——编者注

唐穆宗长庆年间（821—824年）刺史樊宗师有《绛守居园池记》，言及水系隋文帝开皇十六年（596年）开的，池是隋炀帝大业元年（605年）凿的。隋开皇十三年（593年），临汾令梁轨又引泉入池，于是构亭筑台，遂名景色。唐代的官吏又屡有增筑，迨樊宗师时，更为可观，又作《碑记》记之。宋咸平六年（1003年）孙冲做绛州通判时，还说："虽与旧多徙移，然历历可见。"以后渐荒芜，明代又经李际春修建。

这园高踞新绛城，其前为鼓楼，俯视全城，远眺汾水，其景宛然如画。园一直作州衙，因此大堂等建筑相当宏伟，有名的唐代碧落碑便在院子里，书为大篆，当时书家李阳冰见之，曾"徘徊数日不去"，它是中国书法史上的一块名碑。距此不远，还有北魏造象碑一，朴茂可观。

绛守居园遗址，入园有一池，北筑亭，名洄涟。西倚墙构半亭。东则为黄土高台。层列引水环之，以土埂作曲桥，台上有亭遗迹。北有楼，登则可瞰全国，楼亭虽新，而其规模至迟则为明代之现状。其可予人注意之处，则在于代表豫晋一带黄土地带之园林特色，虽无以石叠山之妙，然因地制宜，就黄土之高低，与土壁之峻拔，引以曲水，佐以乔木曲径，森然而幽邃。登土台四顾，其高亢辽阔之境，又非南中秀润之小景所能望及者，正如梆子戏之于昆曲，各显其地方风格。于此可见古人造园原不囿于统求一格。

新绛城内民居高大整齐，道路修直，新铺的马路与焕然的市容，都说明解放后的新面貌。归时回首，正对大街的古塔，时隐时现，城外的汾水，清澈奔流，挥手渡河，实不尽依恋之感。

苏三故事遗迹

5日晚到临汾，次日参观市容，这城近年来进步之速，至为惊人，宽敞的柏油路、扶疏的道树，与整齐的店铺、熙来攘往的行人，如果未到过晋南的人，绝不信有此情景，新中国的面貌改变，从点到面，都在日新月异。大街上原有鼓楼，宏伟为晋中第一，可惜在解放前夕战争中所拆除，如今台基犹存，足征其原来形制之非常了。我行尽街头，徘徊其下，发出了惋惜唏嘘的感触。

中午到洪洞，在旅舍，便听到苏三故事的介绍，饭后即去旧县衙看苏三监狱。苏三故事的流传，尤其在洪洞，真是妇孺皆知，到洪洞来的人亦是最津津乐闻其始末。当然留下的遗迹，是最吸引人的了。这旧县衙，如今还保存着明代规模，我们通过一排上布铁丝网的低矮囚室，看到一个上画虎头的牢门，门非常矮小，墙由高厚的双重砖砌成，进内是个院子，牢房成曲尺形，皆为砖砌的窑洞式，不用一根木头，这区是关押死刑犯的所谓"虎头牢"。西边南向的一间，大约有四米宽、三米深的大小，左角开一个小拱门，上面一个方形窗，内部是筑有高约半米多的土坑，坑前只留一块小方地，这间既阴且暗又潮的牢房，便是当年苏三住过的地方，戏剧《玉堂春》就是与此有关的。院子里还有井和洗衣的石臼，据说苏三曾在此打水洗衣。这监狱，如从明正德年间算起的话，也有四百多年了。如今这监狱公开给人参观，又建立了说明牌，使每个到此的人都能起一些教育作用。

关于苏三一案的卷宗，过去一直保存在这衙内，据说民国初年还在，后被知事孙兴崙拿走。从旧县衙转弯到估衣街有一家益元堂药铺，原名一元堂，开在洪洞县关爷楼西刘家巷，后来迁移到这里来，经营已十六世了。当年构成苏三冤狱的盛毒药的瓶子，还完整着，过去的资方党静斋先生还拿出来给我们看，是一只明代绘花磁瓶，能保存到现在，确也可算一件戏剧性的"文物"了。沈燕林的居所，在距城半里之遥的东门外东村，又名朝阳村，村西口道北的一块空地，即其遗址，传说是苏三冤狱大白之后，掘地三尺而形成的。至于王景隆乔装绸缎商去私巡察访时经过的那间客栈，地点则说是在银台芭西拐角处，坐北朝南的。其他关于沈燕林的原配景氏，以及皮氏、监生赵昂、解子崇公道，与刑房吏刘志仁等的历史与遗址，皆凿凿有词。我们这半日的参观，无异于做《玉堂春》的资料调查了。

南归过北京，一天晚上，叶盛兰先生邀我去闲谈，我告诉了去洪洞的这回事，他听得兴奋极了。我说，你这假王公子，尚没有去看过真苏三的窑洞，实在遗憾，几时去体验体验实际的情况吧，将来再演此剧，一定是更提高了。满座闻此，不禁为之莞尔。亦可算此行的余兴了。

广胜寺与"赵城藏"

7日清晨，我们动身去赵城广胜寺，寺距洪洞城三十五里，已建成了坦洁的公路。但是此次到晋南来，总是坐火车、汽车，沿途山景，不免有走马看花之感，因此去广胜寺决改乘小驴车，需停便停，要走就走，倒也落得"潇洒"一下。但必须前天先与合作社接洽好，因为这种旅行在那里已是落伍的了，成千上万辆自行车，以及公共汽车，早就接替了这原始的代步方式。

出洪洞城，一路浓荫夹道，清流随人，田野间点缀着穿红着绿的村姑，十分鲜明可爱。渐行渐遥，望远山一塔耸然，同行者说，这便是霍山，塔名飞虹塔，即广胜上寺所在地，而路旁泉声益喧，延续数里，清澈见底，荇草蔓生。虽时近中午，而溽暑顿为之一消，古人所谓"醒泉"者，殆指此类而言了。晋南的泉，其佳处在醇厚清冽，荇草翠绿若新染，仿佛如饮汾酒，其浓郁芬芳处为他酒所不及者一样。这水从霍山山间来，名霍泉，眼底的一片肥沃农田，便是此泉所形成的。如今广胜下寺山门口建了水力发电站，又将泉三七分流，灌溉了赵城、洪洞两县的土地。

在广胜下寺文物保养所午餐，这里设有招待所，很是恬静，半天疲躯，借榻休息了一会，便上山去看上寺，山有四百米的高度，这天中午特别热，拾级而上，喘息难平。到半山坐松林下，望纵横阡陌，午阴村居，信"霍泉"之利民了。到上寺先看飞虹塔，这塔建成于明代嘉靖六年（1527年），僧达连所主持，这项工程是一座八角十三层的琉璃砖塔，高47.31米。五色琉璃，与蓝天白云，织成了一幅华丽的"明锦"，鼓着余勇登塔，梯级设于砖壁内，每向上走几步，必须将身后转跳到对方梯级上，如是上登，这种形式之梯级，是我国古塔中少见的一例。如今外边搭了脚手架，正在修理，因此得有机会将各层琉璃佛像仔细摩挲一番，如此工整而古艳夺目的明代手工艺，在我国琉璃的制作中，允称上乘之作了。

上寺以藏著名的"赵城藏"的地方，是金代刻板的大藏经，自从1933年发现以后，轰动了全国。抗日战争期间，日寇曾决定抢劫此藏经，八路军太岳军分区负责人薄一波同志派队伍去抢救出来，当时还牺牲了几位战士。如今这部"赵城藏"，完整地保存在北京图书馆。这一段生动的事例中告诉了我们，中国人民解放军的确为人民做了数不清的好事。如今寺里的和尚指着殿中原来藏经的柜橱，娓娓不断地讲这件事，他的神态中流露出一个虔诚的佛教徒的衷心感激心情。

下寺的大殿，在枋上题着"大元至元二年（1309年）季秋"，两壁原来是精美的元代壁画，民国十八年（1929年），该地土豪勾结奸商出售于美国史克门。如今装在纳尔逊艺术博物馆内。我们看到两面的土壁，心里很是难受。下寺旁龙王庙的明应王殿，是广胜寺区内四座元代建筑之一，除正面当中一间装板门外，全系土坯墙，内部满绘壁画，"大行散乐忠都秀在此作场"的巨幅，便在南壁东侧的墙上，是中国戏剧史上的珍贵史迹。由当时的画家胡天祥、高文远、席待诏等所绘，末署"大元岁次甲子泰定元年"（1324年）等字，则殿的建造年代，最迟亦不能过泰定元年了。

这殿的壁画，乍视之下，几疑为宋人之笔，盖用笔之挺健流走、设色之醇厚朴茂，元画中实不多见，此当与悬腕中锋有关，壁画的特点所使然的。如今殿中正在开始临摹的工作，想不久此元代壁画又可与远近的爱好者相见了。

广胜寺的建筑，像下寺正殿减去了柱子，移动了柱子的位置，在梁架上作了大胆而灵活的结构方法，使殿内空间扩大，是此殿的一个特色。在明应王殿的相对处，有着一个戏台，虽然已经后代重修，但可以说明中国戏曲在元朝有着很大的发展。

归途中停车看了一些新旧的民居，和个别的小庙，夕阳斜照于林间，晚冉冉兮将至的时候，我们方才望见洪洞县城，到旅舍已是万家灯火了。夜十二时火车赴太谷，次日黎明到站。这里过去是票号、纱号及富商的集中地，城市中的建筑规模很大，厚墙高楼，望之森然。如今还保存它的原状，以作为今日研究近代历史与建筑的实物资料。可是，新的太谷却在南门外大大地扩建，使人难以置信。一向保守的太谷城，今天也居然披上新装了。10日早晨四时，大雨如注，我们满以为无法到火车站，不料走到旅馆门口，那昨天相约好的三轮车，却按时地等候着我们，这真使人感动极了。他说："天雨客人不方便，我们就得为人方便。"话虽简单，含意多深啊！

太原是我旧游之地，今日重来，倍觉亲切，招待我住的地方——迎泽宾馆，面对着大道，高柳垂荫，晓风拂面。我从楼上凭槛远望，这几年来的建设，已彻底改变了当年军阀割据时狭小的落后城市面貌。新马路架上了无轨电车，风景区的晋祠，有不断的公共汽车可达。我曾去找我当年居住过的旅馆，今天已改建为高厦，幸亏路名未改，不然的话，那可无法辨认了。

山西省文物管理委员会罗主任、周工程师等，来谈了一天有关山西古建筑保护的情况。临行，太原工学院土木系主任陈绎勤教授坚邀我去尝一次山西名菜与面，老友重逢，盛意无法推辞，卒至薄醉登车，次晨醒来，火车已到北京站了，时8月12日。

1964 年 10 月

后记

诗人徐志摩曾经说过:"'志摩感情之浮,使他不能为诗人,思想之杂,使他不能为文人。'这是一个朋友给我的评语。"但他终成为诗人与文人。而我呢?说也可怜,感情思想两者都空虚得惊人,到头来也许只有点本能吧!本能是人的本能,与动物恐怕还有点差距,总是在不断受外界触动之下,有些反应,有时要流露出点嬉笑憨态,也会产生点怨而不怒的柔情,这就是我近年来,偶尔涂抹一些文字的由来。我的专业是古建筑与园林,万万没有资格加上个作家的光荣称号,也没有大福享此荣誉。因此去年出版的那本小书,只好叫作《书带集》。顾名思义,就可理解了,书带草是园林中最下贱的植物,正与我的文章差不多。而这本书呢?想来想去,未能"肇锡嘉名",偶然从墙角树荫见到了春苔,够耐人寻味,"苔痕上阶绿",看来比绚丽的繁花雅韵得多,姑以此名集。书名题字与序言请了两位陈植先生合作,题字的直生先生是我的世交、老师;养材先生是我的前辈,我亦以师事之。二老是现今建筑界与园林界的鲁殿灵光,在科学的成就外，还都是文化上的饱学之士，如今都八十多了，在这集子中留下一段艺林佳话，也可省我写一篇《两个陈植》的小文了。

在"文化大革命"前，我可说没有吟过一首诗，几乎将作诗的格律都忘记了，也没有写什么散文。我的精力几乎全部都放在古建筑园林调查与考证中。"四人帮"打倒了，人是经过了这样一次的"考验"，仿佛有点亦痴亦慧，生活中还有许多容我写的东西，它与专业看来似无关系，但又是千丝万缕、若即若离、弃之可惜的杂拌儿，反转来对专业亦起着奇妙的作用。我们对文理相通、互相影响这个道理，如今一天明朗一天了。做一个拉长面孔的赵老爷，倒不如做一个带有丑容的阿Q来得受人欢迎。听腻了戏剧中的老生唱腔，看一下丑角的滑稽表情，对人们来说比"假正经"引人得多。我们一向看重金字招牌，如今学术界、文艺界理事长、会长、理事名流越来越多，我这种冒牌货现在也要拿出来混乱市场，似乎感到太不识时务。叶圣陶老先生说我精力充沛，不怕多事。感谢老先生，你太夸奖我了。精力充沛来讲，我在本行之外，还要摇摇笔杆，也还说得过去。至于不怕多事，我有些惶恐了，我太不自量力了，人微言轻，说也枉然，不过没有到麻木的地步，还有一颗"爱好是天然"的心，想为人民在提高文化、建设美好河山上尽我余生之力而已。

友人周道南，看到我写的零星文字，袖藏而去，他夫人黄赤民又为我誊清了，这本小集子就是由他交出来的，知己之感，使我心中久久难平，这深厚又平凡的友情啊！

朋友们怂恿我将此书出版，我还是难以自信，它不过记载了我生活中片段与暂时的一些往迹。正如春苔一样由它自生自灭罢了。

陈从周于梓室

陈 从 周 作 品 精 选

出 品 人	**康瑞锋**
项 目 统 筹	**田　千**
产 品 经 理	**贺晓敏**
编图及版式	**宽　堂**
封 面 设 计	InnN Studio

从周
书法　陈从周先生

陈从周作品精选

《谈园录》
《书带集》
《春苔集》
《帘青集》
《随宜集》
《世缘集》
《梓室余墨》

在这里，与我们相遇

领读名家作品·推荐阅读

领读小红书号　领读微信公众号

黄石文存
冯至文存
费孝通作品精选
何怀宏作品选